KB004636

에놀라 홈즈 시리즈 4

별난 분홍색 부채

네 번째 사건

별난 분홍색 부채

낸시 스프링어 지음

김진희 옮김

북레시피

과연 에놀라와 셜록은
서로에게 도움을 줄 수 있을까?

"밧줄, 에놀라!"

"아무래도 안 될 것 같아요." 나는 다소 절제된 숨을 내쉬며 싱겁게 대답했다. "나중에 제가 돌아온 다음에요, 아마도."

"뭐? 뭘 하고 돌아와?"

"불쌍한 레이디 세실리를 찾는 일이요, 모든 게 계획한 대로 되기만 한다면, 구출해오는 일이죠. 혹시 그녀가 어느 방에 갇혀 있는지 아세요?"

"북쪽 탑의 가장 접근하기 어려운 꼭대기에." 오빠의 말은 날 낙심시키려는 의도로 보였다. 하지만 한참 뒤에야 오빠는 본인이 내게 저항할 수 없는 도전거리를 건넸다는 사실을 깨달은 듯했다.

"에놀라, 넌 할 수 없어!"

"할 수 있을지 없을지 확신할 순 없지만," 나는 인정하며 말했다. "분명히 노력은 해볼 거예요."

"글쎄 그건 가능하지가 않은 얘기야. 이 빌어먹을 도랑에서 날 구해다오. 그러면 네게 알려줄 수도 있지."

오빠와는 대조적으로 나는 꽤 차분한 목소리로 말했다. "약속해주기 전까진 안 돼요. 오빠가 제 할 일을 막지 않겠다고 먼저 약속해요. 또 날 체포하거나 구속하려고 들지도 않겠다고 약속해요."

순간 침묵이 흘렀다.

그 침묵 속에서 울리던 소리는 다름 아닌 사람의 발소리였다.

누군가 집에서 나와 이쪽, 그러니까 다름 아닌 내 쪽으로 점점 가까워오고 있었다.

〈에놀라 홈즈 시리즈〉 전6권

별난 분홍색 부채

1889년 5월

"그 아이가 사라진 지도 벌써 8개월이 넘었군……."

"이봐요 형님, 그 아이에게도 이름이 있거든." 자신이 형의 저녁 식사 손님이라는 사실을 염두에 두면서 약간 날 선 목소리로 셜록이 껴든다. 주로 은둔해 있기를 좋아하지만 집에서는 풍미를 즐길 줄 아는 마이크로프트가 건포도 소스를 바른 흑비둘기 파이를 내온 후, 가히 유쾌하지만은 않은 여동생 에놀라 홈즈의 문제에 관해 입을 연다.

"그 아이 에놀라에게 사라졌단 말은 어울리지 않아." 셜록이 조용하다 못해 의미심장한 목소리로 덧붙인다. "에놀라는 저항했고, 달아났고, 마음먹고 빠져나갔어."

"하지만 그 아이가 한 일이 그게 다는 아니지."

손이 안 닿자 끙 소리를 내던 마이크로프트가 앞으

로 기대면서 커트 글라스 디캔터(와인 등을 일반 병에서 따라 상에 낼 때 쓰는 유리병 – 역주)를 향해 손을 뻗는다.

셜록은 형이 자신에게 할 말이 있다는 걸 눈치채고, 마이크로프트가 이 대화의 풍미를 돋울 근사한 음료로 다시 잔을 채우는 동안 조용히 기다린다. 두 남자는 모두 풀을 먹여 빳빳이 세운 옷깃에 검은 넥타이를 느슨하게 매고 있다.

평소처럼 무겁고 짜증나는 말투로 입을 떼기 전에 마이크로프트는 술로 조금씩 입을 축인다. "지난 8개월 동안 에놀라는 세 명의 실종자를 구하고, 세 명의 위험한 범죄자들을 법정에 세우는 데 중요한 역할을 했어."

"알고 있지," 셜록이 인정하며 말을 잇는다. "근데 그게 어쨌다고?"

"에놀라의 활동에서 가장 놀라운 패턴을 발견하지 못한 거야?"

"전혀. 패턴은 무슨, 전부 순전히 우연이었지. 에놀라가 우연히 발견한 바질웨더 후작 사건, 수녀로 변장한 채 거리에서 자선 행위를 하다가 발견한 레이디 세실리 알리스테어, 그리고……."

"그리고 그저 우연히 왓슨의 납치범 신분을 밝혀낼 수 있었다?"

셜록은 신랄한 의견을 피력하는 마이크로프트를 뚫

어져라 바라본다. "······그리고, 앞서 말하려던 것처럼, 왓슨의 실종 사건 땐 왓슨이 나와 그렇게 공개적으로 연관되지 않았더라도 과연 에놀라가 그 사건에 연루될 수 있었겠어?"

"넌 에놀라가 어떻게, 왜 그 사건에 연루되었는지 모르잖아. 에놀라가 어떻게 왓슨을 찾게 되었는지도 아직 모르고."

"그렇지," 셜록 홈즈가 순순히 인정한다. "난 모르지." 부분적으로는 형이 내온 잘 숙성된 포트와인(발효 중인 와인에 브랜디를 첨가한 포르투갈의 달콤하고 알코올 도수가 높은 주정 강화 와인 - 역주)의 나른해지는 효과 때문이기도 하고, 부분적으로는 이미 오래전 일이라 가출한 여동생에 대한 생각이 더는 셜록을 건드리지도, 근심스럽게 하지도 않았기 때문이다. "게다가 에놀라가 날 앞지른 것도 이번이 처음은 아니고." 셜록은 마치 자랑이라도 하듯 이어 말한다.

"쳇. 에놀라가 정숙한 여자가 되는 데 그런 무모한 행동이나 탐정 실력이 다 무슨 소용이 있겠니?"

"거의 없지. 에놀라는 우리 서프러지스트(Suffragist. 1860년대부터 시작된 여성 참정권 운동에 참여한 사람들로 국회의 선거법 개정 요구나 평등법안 입법 요구 등 정치적 활동을 통해 여성들의 권리를 향상시키고자 노력함 - 역주) 어머니의 진정한 딸이라고 할 수 있지. 하지만 적어도 지금은 더 이상 에놀라의 안전이 걱정되지 않아. 분명히 에놀라는 자신을 잘 돌볼 수 있을 거야."

마이크로프트가 마치 귀찮은 벌레라도 흩어버리듯 손을 내저으며 말한다. "요점은 그게 아냐. 중요한 건 당장의 생존이 아니고, 앞으로의 행복이라고. 몇 년 후 에놀라는 어떻게 되겠니? 어떤 남자도 범죄 활동에 관심 있는 독립적인 젊은 여성과 결혼하지 않을 거야!"

"형, 에놀라는 이제 겨우 열네 살이야." 셜록이 끈기 있게 응수한다. "연애할 나이가 되어서도 가슴에 단도를 꽂고 다니지는 않겠지."

마이크로프트가 골치 아픈 듯 눈썹을 동그랗게 구부리며 말한다. "에놀라가 결국 사교계의 기대에 부응할 거라고 보니? 소명과 직업 때문에 그럴듯한 분야의 학위도 거부한 네가 볼 때 말이야?"

세계 최초의 유일한 사립 탐정 셜록이 손사래를 치며 말한다. "이보세요, 형님. 에놀라도 여자라고. 여자이기 때문에 생물학적으로 둥지를 틀고, 출산을 하려는 본능이 있을 거거든. 에놀라가 여성으로 성숙해지면 그 본능을 따를 거야······."

"흥! 허튼소리!" 마이크로프트가 더는 못 참겠다는 듯 내뱉는다. "넌 우리의 배신자 여동생이 정말 남편을 맞아 정착할 거라고 보는구나……."

"음, 그럼 형은 에놀라가 어떻게 할 거라고 보는데?" 셜록이 대꾸한다. 자신의 예상에 대해 '허튼소리'라는 단어를 쓴 데 대해 약간의 거부감을 드러내며 그 위대한 탐정이 묻는다. "그럼 에놀라가 평생 실종된 사람들이나 찾아다니고, 악인들을 구제하는 일에 몸담을 작정이다?"

"그럴 수도 있지."

"뭐? 그럼 에놀라가 무슨 탐정 사업이라도 벌인다고 보는 거야? 내 경쟁자로서?" 셜록의 짜증이 빈정거리는 웃음으로 뒤바뀌며 킥킥거리기 시작한다.

마이크로프트가 조용히 말한다. "그럴 일이 영 없을 거라고도 보지 않는데."

"이러다 나중엔 에놀라가 담배까지 피워댄다고 하시겠어!" 셜록 홈즈가 더 크게 웃으며 말한다. "그 아인 그저 제멋대로 행동하는 아이란 걸 잊은 거야? 에놀라는 그런 목적 지향적인 아이가 아니야. 친애하는 마이크로프트 형, 그런 가당치도 않은 소리일랑 하지도 말아!"

1장

지금껏 '사이언티픽 퍼디토리언인 라고스틴 박사'의 고객은 잃어버린 작은 애완용 개를 찾느라 혈안이 돼 있던 통통한 '노 미망인', 남편이 준 하트 모양의 소중한 루비를 잃어버려 겁에 질려 있던 '부인', 그리고 총알이 관통한 자신의 다리뼈 ─ 크림전쟁의 가장 소중한 기념품으로 현장 의사가 절단한 후 친필 사인한 다리뼈 ─ 를 분실하여 망연자실해 있던 '육군 장성'이 전부였다.

모두 하나같이 사소한 일들이었다. 하지만 내 에너지는 훨씬 더 중요한 목표인 엄마를 찾는 일에 쓰였어야 했다. 난 엄마가 집시들과 함께 배회하고 있다는 걸 알게 된 후, 더는 엄마를 비난하거나 강요하지 않고 그저 헤어진 내 소중한 가족인 엄마를 찾아 재회하기로

<u>스스로</u> 다짐했었다.

하지만 어느새 5월이 다가왔고, 지금껏 난 엄마를 찾느라 전혀 노력을 기울이지 않았다. 왜 그랬는지에 대해선 나도 잘 모르겠고, 다만 이곳 런던에서의 일이 바빴다는 것 외에는 딱히 할 말이 없다.

런던에서의 일? 고작 작은 애완용 개, 보석, 다리뼈나 찾아주는 일?

하지만 난 '그래도 고객은 고객이지'라고 혼잣말로 중얼거렸다. 물론, 그들 중 누구도 저명한 (그리고 지어낸) 라고스틴 박사 장본인을 만날 필요나 가능성은 없었다. 그보단 그의 신뢰받는 조수 '아이비 메쏠리 양'이 몸소 화이트채플의 악명 높은 순혈종 도난 견 거래상에게서 귀여운 곱슬머리 스패니얼(기다란 귀가 뒤로 처져 있는 작은 개 – 역주)을 찾아 주인인 미망인에게 돌려주었다. 보석을 잃어버린 여인을 위해서는 창밖 린덴나무(참피나무, 보리수 따위의 참피나무속의 식물 – 역주) 위로 남자아이 하나를 올려보내 까치집 속에 있던 보석도 간단히 찾아주었다. (사실 직접 오르고 싶은 마음이 굴뚝같았고 또 뭐, 나무에 오르는 일쯤은 누워서 떡 먹기였으나 여성이 그러는 건 금지된 터라 예의상 남자아이를 올려보냈었다.) 다만, 육군 장성의 다리뼈에 대해선 어느 날 우연히 흥미로운 상황에 맞닥뜨리게 되면서 천천히 찾아주기로

15

한 상태였다.

좀 부끄럽지만 그 흥미로운 상황을 맞닥뜨리게 된 장소는 흔히 정숙한 여성들이 물가가 비싸기로 유명한 옥스퍼드 스트리트에 들를 때 애용하던 곳으로, 사교계에서도 잘 언급되지 않는 곳이었다. 그곳은 바로 런던 최초의 여성 전용 화장실이었다.

이 대단한 혁신은 본데 있게 자란 여성들이 이제 더는 집 안에서 몇 발짝만 내디디면 닿을 구식 화장실을 사용하지 않고 일부러 밖으로 나간다는 걸 은연중에 내비치는 것으로, 이 화장실을 쓰기 위해서 그들은 1페니를 내야 했다. 사실 이 1페니는 꽤나 가치 있는 돈이었다. 이스트엔드 아동 한 명에게 하루 동안 빵과 우유 그리고 문법 교육을 시켜줄 수도 있을 만한 금액이었기 때문이다. 그 비용으로 보건대, 그 시설은 주로 상류층 여성들의 전유물이었음이 분명했다. 물론 아이비 메설리처럼 일하는 서민 여성이 가짜 곱슬머리와 싸구려 기성복 차림을 하고서 대담하게 들어가는 경우도 있긴 했다.

하지만 그날 난 약간 천박한 차림의 평소 아이비 메설리로는 변장하지 않았다. 자료를 조사하던 차에 당황스럽게도 오빠들이 자주 드나들던 대영 박물관 인근까지 오게 된 터라 그보단 오히려 여성 학자로 변장하기로 했다. 그렇게 여성 학자로 보이기 위해 볼품없는 머리카락도 평범하게 뒤로 동그랗게 말아 올리고, 창백하고 갸름한 얼굴도 두꺼운 테 안경으로 가렸다. 여기에는 내 도드라진 코를 부각시키지 않으면서도 사람들 눈에 잘 띄지 않으려는 의도가 깔려 있었다. 패션에 앞서가는 여성이라면 절대 안경 같은 건 쓰지 않을 것이기 때문이다. 난 안경과 더불어, 질은 좋지만 폭이 좁고 어두우며 장식을 달지 않은 서지(짜임이 튼튼한 모직물 – 역주) 옷을 입고, 비슷하게 어두운색의 모자를 썼다. 그러고는 셜록 오빠와 마이크로프트 오빠가 내 뒤를 쫓지 않으리라 확신하면서 잠시 휴식을 취하기 위해 갈색 가죽과 인조 대리석으로 꾸며진 여성 전용 화장실 내부의 응접실에 앉았다.

오늘은 좀 지치는 날이었다. 그도 그럴 것이 런던 남자들은 여성 학자를 색안경을 끼고 보았기 때문이다. 하지만, 여기선 아무도 내게 신경 쓰지 않았다. 물품을 사러 다니다 지친 여성들이 더운 먼지 구덩이 거리로 다시 나서기 전 아늑하고 시원한 실내에서 쉬는 건 당연한 일이었기 때문이다.

종이 쟁그랑하고 울린 뒤 하녀가 공중화장실 거실을 가로질러 문을 열어주자, 이내 세 여자가 들어왔다. 먼저 플러시 천(실크나 면직물을 우단보다 털이 좀 더 길게 두

툼히 짠 것-역주)으로 만든 적갈색 소파를 차지하고 있던 내 옆을 그들이 아슬아슬 지나갔다. 물론, 난 신문 너머로 그들을 쳐다보기도 않았고, 그들에 대해 별로 신경 쓸 생각도 없었다. 그러나 그들이 내 옆을 지나간 순간, 뭔가 잘못됐다는 느낌이 들기 시작했다. 그것도 아주 심하게. 그들 사이에 뭔지 모를 팽팽한 긴장감이 느껴졌던 것이다.

나는 그들이 지나갈 때 비단 실크 페티코트(옷의 실루엣을 아름답게 보이기 위해 소재 선택이나 디자인, 색채 등을 다양하게 한 여성용 속치마-역주)의 바스락거리는 소리 외엔 아무것도 듣지 못했다. 그들은 서로 아무 말도 하지 않았다.

비록 눈앞에 보이는 건 그들의 뒷모습뿐이라 아무것도 알 순 없었지만, 무슨 일이 일어날지 궁금한 마음에 고개는 움직이지 않고 눈만 치켜뜬 채 동태를 살폈다. (눈을 크게 뜨면서 대놓고 쳐다보는 건 아무래도 예의 없어 보일 것 같았기 때문이다.)

내 앞으로 고가의 옷을 차려입은 나이 지긋한 부인 두 명이 폭넓은 치마를 질질 끌고 가고 있고, 최신 파리 패션 차림의 호리호리한 소녀 하나도 그 옆을 따르고 있는 게 보였다. 정말이지, 백화점 마네킹이 아닌 실제 사람이 벨 스커트(마치 종처럼 생긴 스커트로 홀쭉한 허리에서 다트나 심, 혹은 페티코트로 부풀게 하고 다시 끝단을 향해 얼마간 펼쳐지게 한 스커트-역주) 차림으로 있는 모습을 본 건 이번이 처음이었다. 이 짙은 담황색의 벨 스커트는 홀쭉한 허리에서부터 허리받이를 지나 바닥까지 부풀려지도록 커다란 활 같은 뼈대가 지탱하고 있었고, 무릎 부근에 숨겨진 테이프로 잡아당겨 끝단을 향해 한 번 더 잘록한 모양새를 이루도록 되어 있었다. 또 소녀의 발을 완전히 덮고 있는 스커트 끝단에는 '벨' 모양의 주름 장식이 펼쳐져 있었다. 실제로 이 스커트는 그녀의 보폭을 10인치 정도로 제한해 걸을 때마다 주름 장식을 헝클어트리거나 할 일은 거의 없어 보였다. 나는 그녀가 비틀거리는 걸 보고 순간 움찔했다. 비록 그녀의 가냘픈 몸이 이상적인 '모래시계'를 형성하지는 못 했지만, 내 눈에는 사랑스러운 한 생명체로 보였기 때문이다. 마치 사슴 한 마리가 포승줄에 묶여 있는 느낌이랄까? 물론 패션 감각을 살리려면 희생이야 늘 따르겠지만, 어쩜 저리도 걷기 힘든 드레스를 입은 건지 참으로 패션에 꽝이다 싶었다.

그렇게 세 여자가 화장실의 내실로 들어가는 문턱에 가까워질 무렵, 문득 소녀가 멈춰 섰다.

"따라와." 나이 지긋한 부인 중 한 명이 명령하듯 소녀를 불렀다.

하지만 벨 스커트를 입은 소녀는 다소 우아하지 못한 자태로 말 한마디 없이 계속 앉아 있었다. 사실 그녀는 거의 넘어질 뻔하다가 가까스로 내 맞은편의 어두운색 가죽 팔걸이의자에 몸을 기댄 상태였다.

그런데 그때 그녀가 내게로 얼굴을 돌렸고, 그 순간 나는 충격과 놀라움으로 거의 숨도 못 쉴 지경이었다. 그녀는 내가 아는 사람이었다! 우리가 함께한 모험, 그 속에서 느낀 자매애, 그녀가 강도 공격을 받았을 때의 공포…… 이 모든 것이 영원한 기억으로 내 머릿속에 남아 있었다. 그녀의 그 섬세하고 교양 있는 얼굴을 내가 절대 잘못 봤을 리 없었다. 내가 한때 구출해냈던 왼손잡이 숙녀, 바로 준남작(영국에서 남작과 기사 사이의 계급 – 역주)의 딸인 어너러블 세실리 알리스테어였다.

하지만 난 그녀와 함께 있는 부인들은 알아보지 못했다. 세실리의 어머니인 그 사랑스러운 레이디 테오도라는 어디에 있을까?

레이디 세실리로 말하자면, 나는 지난겨울 춥고 허기진 상태에다 누더기 차림을 하고 있는 그녀를 봤었다. 그 빛나는 눈에 광채 하나 없던…… 하지만 지금 여기서 이런 모습의 그녀를 만나리라고는 상상도 하지 못했다. 그녀의 얼굴은 내가 마지막으로 봤을 때보다 훨씬 더 시무룩하고, 훨씬 더 고통스러워 보였다. 단단히 고정된 턱, 저항이라도 하듯 꽉 다문 입술, 거칠고 절망적인 반항의 분위기를 풀풀 뿜어대며 자신보다 훨씬 큰 두 노부인과 마주 앉아 있었던 것이다.

"아니, 어린 아가씨라고 불러야겠지," 둘 중 한 여자가 마치 자신이 샤프롱(과거 사교 행사 때 젊은 미혼 여성을 보살펴주던 나이 든 여인 – 역주) 이상의 존재 — 할머니나 숙모쯤? — 라도 되는 양 권위적인 어조로 말했다. "우리랑 함께 가야지." 그러고는 그녀가 소녀의 한쪽 팔을 잡자, 나머지 한 여자가 소녀의 다른 쪽 팔을 잡았다.

이제 난 아예 고개를 빳빳이 쳐들고 얼빠진 듯 바라보고 있었다. 다행히 그 두 노부인은 내 쪽을 바라보는 일 없이 팔걸이의자에 앉아 있는 열여섯 살 소녀에게만 집중하고 있었다.

레이디 세실리가 낮은 목소리로 "그렇게는 안 될걸요."라고 대답하더니 고개를 떨군 채 담황색 스커트 장식이 으스러질 정도로 드러눕듯 의자 깊숙이 몸을 축 늘어뜨렸다. 두 여자가 그녀를 일으켜 데려가려면 아예 그녀의 몸을 들어 질질 끌고 가야 할 판이었다. 그렇게까지 된다면 결코 사소한 몸싸움으로 끝날 것 같진 않았다. 내가 그 자리에 있었기에 망정이지 분명 세실리를 질질 끌고 가고도 남을 사람들로 보였다. 그들은 혹시 누가 쳐다보기라도 할까 봐 주위를 살폈다. 나는 얼른 신문 쪽으로 눈을 내리깔았지만, 안타깝게도 그들은 멍청하지 않았다.

"글쎄," 그들 중 한 명의 날카로운 목소리가 들려왔다. "우선 번갈아 일부터 보자고."

"좋아." 다른 한 명이 대답했다. "내가 이 아이를 보고 있을게."

날카로운 목소리의 그녀가 품위 있게 화장실에 들어가면서 문이 획 닫히는 소리를 듣고서 나는 다시 눈을 들어 쳐다보았다. 두 번째 나이 지긋한 부인이 또 다른 팔걸이의자에 앉아 있는 모습이 눈에 들어왔다. 그녀의 시선은 자신이 입은 부드러운 피륙 옷의 우아한 황갈색 주름에 온통 쏠려 있었다. 그때였다. 레이디 세실리가 머리를 획 쳐들더니 어떤 탈출 방법이라도 염두에 둔 듯 나를 똑바로 쳐다보았다.

그러고는 마침내 그녀도 나를 알아봤다. 비록 우리의 만남은 한 번뿐이었지만, 납치범에게 거의 목숨을 잃을 뻔하던 그날 밤 날 본 적이 있던 터라 그녀도 날 알아봤다. 찌릿, 마치 옆에서 누군가 채찍이라도 휘두르는 듯한 전율이 느껴지며 그렇게 우리의 시선은 딱 마주쳤고, 그 전율과 같은 속도로 다시 그녀는 쏜살같이 눈을 내리깔았다. 필시 자신의 휘둥그레진 눈을 두 부인이 알아채지 못하게 하려는 눈치였다.

나는 그녀가 내 이름을 기억할지 궁금했다. 나도 모르게 어리석게도 충동적으로 누설했던 내 이름, '에놀라 홈즈' 말이다. 준남작의 딸이자 두 개의 인격을 지닌 이 불행한 천재에게 나는 자매애를 느꼈다. 그녀는 가난한 사람들의 어려운 처지를 느끼고, 그 느낌을 세상에서 가장 특별한 숯 그림으로 표현하던 왼손잡이 예술가이자, 사교계에 순응하도록 강요받는 오른손잡이 레이디 세실리라는 두 개의 인격으로 살고 있었다.

그런데 사실 난 그녀가 나에 대해 아는 것보다 그녀에 대해 훨씬 많은 걸 알고 있었다. 아마도 그녀는 그 위험천만했던 날 밤, 마치 꿈결에 등장하듯 검은 망토를 입고 나타난 나를 보고 미스터리하게 여겼을 것이고, 지금도 대낮에 다시 등장한 날 보고 자신의 눈을 의심했을 것이다. 그리고 지금 그녀가 어떤 궁지에 몰려있든, 아마도 다시 한번 내가 그녀를 도와주길 바라고있을 것이다.

이번엔 대체 무슨 일이 생긴 걸까? 나는 좀 지루해진 양 신문을 한쪽으로 제쳐놓고는 레이디 세실리의 어두운 눈빛에 드러난 간절함, 수척한 얼굴에 드러난 창백함, 단순한 밀짚모자 아래 황갈색 머리카락에 드러난 답답한 심정을 헤아려봤다.

그러고는 잠시 후 용기를 내어 다시 그녀를 쳐다볼

무렵, 그녀의 손에 부채가 들려 있는 것을 보았다.

내가 여태 본 중 가장 특이한 부채였다. 한결같이 굉장히 흔한 캔디 분홍색을 띤 데다 그녀의 레몬색 리본, 라임색 스커트, 크림색 키드 가죽 장갑, 부츠 등 어느 것과도 어울리지 않았기 때문이다. 게다가 그녀의 값비싼 새 스커트는 정제된 버터마냥 부드럽고 고운 황록색을 띤 비단인 데 반해 부채는 단순히 접은 종이를 흔한 막대기에 붙인 후 분홍빛 깃털로만 마감 처리한 듯 보였다.

그때 그녀 옆에 비스듬히 앉아 세실리를 감시하던 나이 든 부인이 짜증내듯 말했다. "도대체 내가 준 그 멋진 부채는 다 어디 두고 그 끔찍한 걸 들고 다니는 거야? 깎은 상아 대에 레이스를 입힌 크림색 실크 부채 말이다! 벌써 잊은 거니?"

세실리는 부인의 말 따위는 무시한 채 얼굴을 식히려는 듯 분홍색 부채를 꺼내 능숙하게 부쳐대기 시작했다. 나는 그때 그녀가 자신의 왼손을 사용하고 있는 걸 알아챘다. 이건 아주 중요한 신호였다. 예의범절의 요구를 따르기보다 진정한 자아를 택하겠다는 신호였기 때문이다. 나는 또한 이 부채를 그녀가 자신을 감시하는 두 노부인으로부터 시선을 가리기 위한 작은 가림막으로 쓰고 있다는 걸 알아챘다. 그렇게 자그마한 가림막 너머로 그녀의 시선은 내 시선을 사로잡았고, 그 순간 세실리는 아무 의미 없는 행동인 양 자신의 이마에 대고 부채를 두드렸다.

나는 그녀의 신호를 즉시 간파했다. *조심해! 우리는 지금 감시당하고 있어.* 본래 부채 언어는 샤프롱과 함께 있는 여성과 남성 사이에 구애를 표현하는 수단으로 처음 생겨났다. 하지만 펜델 홀에서 그저 순수한 어린 시절을 보내며 독특한 엄마의 양육 방식하에 자란 나는 결코 사랑을 해본 적도 없었고 — 앞으로도 그럴 터였고 — 걸핏하면 특이한 아이로 비치곤 했었다.

나는 다른 조짐은 보이지 않은 채 힘들고 지친 듯 한숨을 내쉬었고 옷 앞쪽 주름 밑의 큰 주머니에 손을 넣어 내 부채를 꺼냈다. 우아함을 위해서라든가 추파용이 아닌, 단지 얼굴을 식히려고 갖고 다니던 부채였다. 내 부채는 갈색 케임브릭(면이나 마로 아주 얇게 만든 흰색 천 – 역주) 재질의 평범하면서도 세련된 부채였다. 나는 그 부채를 세실리에 대한 우정의 표시로 반 이상 펼쳐 들었다.

한편, 화장실 안으로 들어갔던 노부인이 나왔고 이제 다른 노부인이 들어갈 차례였다. 레이디 세실리는 그들의 주의가 산만해진 틈을 타 광적으로 부채질을 해댔고, 이는 흥분과 고통의 신호인 게 틀림없었다.

나는 부채를 잠시 내 오른쪽 뺨에 갖다 댔다. '그래. 부채야, 내가 뭔가 잘못됐다는 걸 이해했다고 전해다오.'

"오른손을 써." 앉아 있는 노부인이 그녀에게 툭 쏘아 붙였다. "그리고 그 시답잖은 장난감 좀 치우고."

세실리는 꽁꽁 얼어붙은 듯 움직이지 않았지만 그 말에 순종하지는 않았다.

"그거 치우라고 말했지." 세실리를 포획하고 있는 여 자가 명령했다. 그런 역할은 으레 그 노부인의 역할인 듯했다.

레이디 세실리가 말했다. "아뇨, 이건 제 노리개인걸 요."

"뭐?" 더 크고 나이 든 여자의 어조가 최고조에 달하 는 듯하다 사그라들었다. "오, 그래, 잘하는 짓이다. 감 히 내 말을 무시해? 하지만…… 이번 한 번뿐이야." 언 성을 낮춘 상태에서 엄숙하면서도 모기만 한 목소리 로 말해 내겐 잘 들리지 않았다. 노부인은 자신의 튼실 한 허리를 우아한 드레스 안쪽 코르셋으로 최대한 받 친 채 꼿꼿이 앉아 있었다. 나는 겉으론 차분한 척 부 채질을 하며 앉아 있었지만, 속으론 사냥개마냥 모든 감각을 동원하고 있었다. 나중에 다시 만날 경우를 대 비해 그녀를 찬찬히 뜯어봤던 것이다. 그런데 웬걸? 이 노부인은 나중에 알아보기 좀 어려울 것 같다는 생각이 들었다. 일단 두 여자 다 넓적하고 살집 있는 얼굴에 묘하게 앙증맞은 구석이 있었다. 이를테면 아치 모양의 흐린 눈썹, 강아지 코, 얇은 입술이 그랬다. 게다가 두 사람 다 정말 빼다 박은 듯 너무나도 똑같이 생겨서 혹 자매나 쌍둥이가 아닐까 하는 생각이 들 정도였다. 또 한쪽으로 기울어져 백합 장식이 그 가장자리 밑까지 쏠려 있는 모자 아래 드러난 그 노부인의 머리카락은 다른 노부인의 것보다 좀 더 희끗희끗해 보였다.

"……하루만 있으면," 노부인의 격앙된 목소리가 약간 높아졌다. "넌 혼수를 원하게 될 거고, 그 혼수를 갖게 될 거야."

레이디 세실리가 말했다. "제게 웨딩드레스를 강제로 입히진 못할 거예요."

"두고 보자. 따라와." 또 한 명의 노부인이 화장실에서 나오자 앉아 있던 노부인이 '준비됐다'는 신호로 양산을 들어 올리며 말했다.

세실리는 그냥 말없이 일어섰지만 대신에 들고 있던 부채를 자신의 얼굴 앞쪽에서 활짝 폈다. 그 의미는 통상 구애할 때 소심한 애인에게 '내게 다가와' 하는 신호였다. 그렇다면 지금 이 상황에서 그 부채의 분홍빛 가장자리 너머, 그 크고 짙은 색 눈으로 탄원의 시선을 보내며 부채를 활짝 편 까닭은?

날 저버리지 마.

도와줘.

기꺼이 그러겠다는 표시로 나는 뺨을 부채로 두드리며 생각에 잠겼다. '좋아요, 하지만 어떻게?'

날 구해줘.

'뭐로부터?'

"그 끔찍한 장난감 좀 주머니에 넣어!"

세실리는 옆에 선 두 노부인이 다시 그녀와 함께 문쪽으로 걸어가고 나서야 부채를 내렸다. 그 문 옆에 앉아 있던 나는 겉으론 느릿느릿 내 부채를 부치고 있었지만, 마음은 분주하기 이를 데 없었다. 그러자 이번엔 세실리가 분홍색 부채 끈을 잡고 부채를 빙글빙글 돌렸다. 이것은 또 다른 위험의 신호였다. *조심해. 우리는 감시당하고 있어.*

그녀는 비밀 유지를 바라고 있는 거였다. 그래서 난 그들이 지나칠 때 다른 쪽 벽의 엉성한 금테 액자 정물화를 쳐다보며 딴전을 피웠다. 하지만 마음속으론 그들의 뒤를 쫓으며, 그들이 어디로 가는지 알아내려고 온통 머리를 굴려대고 있었다……

쿵…… 그들이 지나가며 건드린 충격으로 내가 앉아 있던 긴 안락의자가 흔들거렸다. 순간 우스꽝스러운 벨 스커트에 걸려 넘어진 흐릿한 담황색 형체가 내

쪽으로 거의 쓰러지는 게 보였다. 세실리였다. 이 광경을 본 두 명의 동반자가 얼굴을 찌푸리며 바로 세실리를 번쩍 들어 올리고는 서둘러 바깥으로 나갔다. 그중 누구도 내게 사과하는 이는 없었다.

그런데 만일 그들이 날 흘끗 쳐다보기라도 했다면, 내가 본 걸 그들도 봤을 것이다. 내 옆 긴 안락의자에 놓여 있던 바로 그 분홍색 종이부채 말이다.

2장

세실리와 그 두 명의 대단한 샤프롱이 나가고 문이 닫
히자마자 난 그녀의 분홍색 부채를 주머니에 밀어 넣
고 벌떡 일어섰다. 세실리를 도우려면 당장 뒤를 쫓아
가 문제를 알아내야 했다……. 하지만 너무 바싹 뒤쫓
았다가는 그 무시무시한 샤프롱들의 눈에 띌 게 분명
했다. 고로, 나는 우선 긴 안락의자로 뛰어오를 작정이
었다. 거기서 발끝으로 서면 화장실의 높은 창문을 통
해 밖을 내다볼 수 있었기 때문이다. 오목한 다이아몬
드 모양의 창문이 가뜩이나 제한된 내 시야를 왜곡시
키긴 했지만, 그래도 마차 승강장으로 가고 있는 삼인
조가 내 눈에 띄었다.

서둘러 아래로 내려가는데 하녀 한 명이 입을 떡 벌
린 채 날 쳐다보고 있었다. 나는 손가락을 입술에 가져

다 대고는 1실링으로 입막음을 했다. 이 거래에 걸리는 시간은 고작 몇 분이었다. 하지만 마음이 급하다 보니 마치 영원처럼 길게 느껴졌다. 나는 장갑을 낀 채 황급히 여성 전용 화장실에서 나왔다. 다행히도 가까스로 뒤쫓아 두 명의 감시자 샤프롱과 사륜마차에 올라타고 있는 벨 스커트의 가냘픈 그녀를 발견했다. 나는 그들의 마차 번호를 외우면서 내가 탈 마차를 잡기 위해 성큼성큼 앞으로 걸어갔다.

하지만 결코 멀리 갈 수 없었다.

하필 경황없는 그때 재수 없게도 오빠와 마주친 것이다. 더 나이 많고, 더 풍채 당당한 큰오빠, 마이크로프트 말이다.

거의 부딪힐 뻔한 우리는, 내 생각에, 둘 다 똑같이 소스라치게 놀랐다. 그 와중에 난 소리까지 질렀던 것 같다. 또 누군가 오빠의 벨벳 조끼를 세게 가격한 것마냥 오빠가 '헉'하는 소리를 내질렀던 것도 기억난다. 하지만 이 모든 게 한꺼번에 일어난 터라 누가 먼저 움직였는지는 잘 기억나지 않았다. 또 내가 오빠의 정강이를 힘차게 걷어차기 전이나 후쯤, 오빠가 내 팔꿈치를 움켜잡았던 것 같기도 한데 기억나지는 않는다. 하지만 내 팔이 오빠의 손아귀에서 뱀장어처럼 비틀렸다는 건 또렷이 기억나고, 얇은 가죽 부츠를 신고 있던 오빠

31

의 잘 다듬어진 발가락을 내가 세게 밟은 것 또한 기억나는 듯하다. 어쨌든 다행히 단도는 쓰지 않은 채 난 그 자리에서 벗어나 냅다 달아났다.

그가 셜록이었다면 아마 내 자유는 그날로 끝이었을 것이다. 하지만 마이크로프트에게서 도망치는 건 일도 아니었다. 마이크로프트 오빠는 내 뒤를 쫓은 지 몇 걸음도 채 가지 못한 상태에서 숨을 헐떡이며 "저 여자애를 잡아!"라고 소리칠 뿐이었다.

동시에 나도 고래고래 소리쳤다. "저 남자가 날 건드렸어요!" 너무나도 충격적인 외침에 행인들도 격분한 채 소리를 질러대며 마이크로프트를 노려보았다. 그사이 나는 숙녀들의 스커트 사이로 재빨리 몸을 움직여가며, 또 신사들의 팔꿈치 아래로 몸을 숙여가며 문지기에게까지 이르렀고, 뭔가 잊어버린 척 서둘러 꾸며대 순식간에 문지기를 통과했다. 그렇게 난 그 훌륭한 시설, 곧 여성 전용 화장실의 내부로 곧장 돌진했다. 안에서는 일하는 하녀가 향기 분무기를 들고 악취를 없애고 있었다.

"물러가세요." 쏘아붙이는 내 말에 하녀가 군소리 없이 응접실로 돌아갔다.

내 추측에 마이크로프트 오빠가 경관을 불러 자신의 입장을 설명할 때쯤, 내가 뒷문으로 빠져나간 것 같다.

그런데 그때의 내 모습은 더 이상 여성 학자는 아니었다. 모자, 장갑, 안경 따위는 재빨리 벗어 던지고, 인도산 날염 면직물로 만든 화려한 의상을 입은 덕에 칙칙한 학자의 모습은 온데간데없이 사라진 것이다. 난 항상 만약을 대비해, 또 내게는 없는 가슴의 외관도 갖출겸 유용한 물건들을 가슴 주머니에 지니고 다닌다. 그렇게 보헤미안(자유분방하게 사는, 흔히 예술 계통에 종사하는 사람-역주)처럼 맨손 차림에 머리는 이교도처럼 치장하고, 몸에는 땅에 반쯤 끌리는 숄을 두른 채, 지하를 통해 '라고스틴 박사'의 사무실로 안전하게 돌아갔다.

어떤 하인도 내가 사무실로 들어가는 모습을 보지는 못했다. 그도 그럴 것이 이국적인 차림새를 한 나는 현관문을 이용하지 않았기 때문이다. 그 대신 나는 갈색 석조 건물 위로 케이크의 과당마냥 뚝뚝 흘러내리는 나무 장식 한가운데 '소용돌이 문양의 중앙 부분'을 눌렀다. 그런 다음 옆쪽으로 미끄러지듯 능숙하게 비밀문을 열고 들어가 잠겨 있던 '라고스틴 박사'의 개인 사무실로 곧장 들어갔다. 한때 강신술사가 은밀한 강령회(산 사람들이 죽은 이의 혼령과 교류를 시도하는 모임-역주)를 열었다던 이 내실이 있어서 정말 다행스럽게 느껴졌다. 덕분에 나는 책장 뒤쪽에 달린 비밀문을 통

33

해 바깥으로 나갈 수도 있었고, 내가 다양한 변장 용품을 보관하던 작은 비밀 방도 소유할 수 있었다.

나는 보헤미안 숄을 한쪽으로 던져놓고는 가스등을 켠 후, 잔뜩 찌푸린 얼굴로 친츠(꽃무늬가 날염된 광택 나는 면직물 – 역주) 소파에 기대 느긋하게 쉬었다.

문득 나 자신에게 화가 났다. 주변을 좀만 둘러보고 적절한 예방 조치만 취했어도 마이크로프트 오빠와 마주칠 일 따위는 절대 일어나지 않았을 것이다. 스스로 민망한 건 둘째치고(마이크로프트 오빠를 민망하게 한 일에 대해 아직 통쾌해할 경황은 없었다) 세실리를 미행할 기회와 세실리에게 닥칠 어떤 미스터리한 불행마저 파악할 기회를 놓친 것이다. 어디 그뿐인가? 그녀가 탄 마차의 번호조차 이미 기억에서 사라진 지 오래였다. 필시 마이크로프트 오빠와 실랑이를 벌이는 동안 까먹은 게 분명했다. 내 무릎에 올려놓은 이 별난 부채 외엔 단서랄 게 그야말로 아무것도 없는 상황이었다. 실제로 이 분홍색 공예품마저 없다면, 난 무슨 일이 일어났는지조차 믿기 힘들 지경이었다.

나는 부채를 불빛에 갖다 대고 살펴보았다. 그러고는 가슴 주머니에서 꺼낸 확대 렌즈로 이모저모 뜯어보았다. 사실 난 부채에서 쪽지나 메시지가 나오길 바랐다. 하지만 그 부채는 그저 평범한 부채일 뿐이었다.

닳히거나 손상된 흔적 하나 없이 그저 값싸고 부드러운 나무 재질의 부챗살에, 빛에 비췄을 때 흐릿한 투명 체커판 무늬가 보이는 흔한 분홍색 종이로 만든 평범한 부채 말이다. 부채에 달린 솜털 같은 깃털은 틀림없이 분홍색 염색을 하기 전에 흔한 뒤뜰 오리에게서 뽑은 깃털일 것이다. 손잡이와 부챗살과 종이 사이의 틈에도 흔적 하나 없었고, 부채 안에도 숨겨진 공간 하나 없었다. 그러니까 이 부채엔 관심 끌 만한 요소라곤 하나도 없었다.

제기랄! 오빠만 안 만났어도…….

빌어먹을 마이크로프트. 빌어먹을 오빠들.

여전히 짜증이 가시지 않은 상태에서 나는 '라고스틴 박사'의 널따란 마호가니 책상으로 옮겨 앉았다. 그러고는 연필과 종이를 집어 들고 나를 알아본 순간 꽤 놀란 표정의 마이크로프트 오빠를 그려보았다. 오빠의 숱 많은 눈썹이 마치 쥐라도 밟은 것마냥 온통 곤두서 있었다. 이 그림을 보니 다소 마음이 가라앉았다. 나는 더욱 심사숙고해서 이번엔 벨 스커트 차림의 레이디 세실리를 그려보았다. 종종 의심이 들거나, 화가 나거나, 당혹스러울 때 나는 스케치를 한다. 대체로 그림 그리는 일은 내게 어떻게든 도움이 된다.

레이디 세실리는 절대 패션 감각이 없는 사람이 아

니다. 왜 하필 그녀는 벨 스커트를 입은 걸까?

그림을 그리다 보니 세실리가 썼던 밀짚모자가 생각났다.

유행에 민감한 옷을 입어놓고는 왜 그렇게 유행과는 동떨어진 그런 모자를 쓴 걸까?

그런 다음 나는 그녀의 얼굴을 스케치하기 시작했다. 처음에는 옆모습을, 그다음엔 앞모습을 그려나갔다.

머리카락을 뒤로 바짝 당긴 헤어스타일도 사실 유행과는 담쌓은 모습이었다. 그녀가 패션에 신경을 썼다면 그 넓은 이마를 덮기 위해 분명 앞머리를 내렸을 것이다. 음, 그림 속의 그녀는 약간 이상한 나라의 앨리스 같은 모습이었다. 존 테니얼 경의 놀라운 삽화에도 불구하고, 난 루이스 캐럴이 지은 이 책을 그다지 즐겨 읽지 않았다.

앨리스는 절대 웃지 않았기 때문이다.

게다가 난 터무니없는 이야기를 좋아하지도 않았다. 인생이 늘 그렇듯 어느 정도는 논리적인 이야기가 전개되기를 원했던 것이다. 물론 그렇지 않을 때도 종종 있기는 하다. 가령, 레이디 세실리처럼 부유한 소녀가 터무니없이 종이부채를 소지하고 있는 것처럼 말이다.

그 촌스러운 분홍색은 또 뭐란 말인가?

이제 정말 그림에 몰두한 나는 다시 세실리를 스케

치해나갔다. 이번에는 부채를 손에 든 그녀가 날 바라보고 있는 모습을 포착하려고 애썼다…….

아주 가까운 곳에서 휘둘러대는 채찍 소리가 들렸을 때의 그 전율로 난 다시 세실리의 절박한 시선을 느꼈다. 그녀에게 뭔가 심각하게 잘못된 일이 벌어진 듯했다.

비록 세실리가 내게서 뭘 원하는지 전혀 알아채진 못했지만, 세실리를 돕기 위해 뭔가 해야 하는 건 분명했다. 하지만 세실리가 어떤 문제에 빠져 있는지 대체 어떻게 알 수 있을까?

잠시 생각에 잠겨 있다가 자리에서 일어난 나는 책장을 향해 성큼성큼 걸어갔다. 책장에서 로마교황의 두꺼운 수필 책 뒤쪽으로 손을 뻗으면 감춰진 잠금장치에 손이 닿는다. 그 잠금장치를 누르면, 선반 하나가 열리고 내가 옷과 외모에 필요한 분장을 위해 쓰기 시작하던 개인 '분장실'이 나온다.

나는 알리스테어 일가를 방문하기로 마음먹었다. 고로 지금은 레이디 테오도라가 나를 오직 소심한 라고스틴 부인으로 알고 있다는 명목하에 다시 한번 그런 겸손한 사람으로 변장해야만 한다.

37

그렇게 (기다란 손잡이가 달린 구식) 안경을 쓰고 양산을 든 소심하고, 어설프고, 볼품없는 '라고스틴 박사'의 매우 어린 신부로 변장한 나는 (얌전히 두드리는 것을 잊지 않으면서) 준남작 저택의 어마어마한 정문 위에 붙은 놋쇠 고리쇠를 두드렸다. 회색 면장갑과 상당히 축 처진 올리브색 중절모 그리고 비싸지만 끔찍한 스타일의 갈색 날염 드레스로 치장한 내 '단조로운' 변장은 성공적이었다. 게다가 나는 유행에 뒤떨어진 꽃인 채송화도 모자 띠와 가슴에다 끼워 넣었다. (상류층의 가슴 부위는 통상 꽃으로 치장되는 화분이나 다름없다.) 나는 레이디 테오도라가 나를 쳐다보기를 바랐다. 일전에 방문했을 때, 대단히 아름다운 레이디 테오도라가 그녀와 정반대인 이 볼품없는 라고스틴 부인에게서 위로를 받는다는 걸 눈치챘기 때문이다.

하지만 그 험악한 인상의 집사가 문 앞에 나타났을 때, 그는 은색 쟁반을 들고 있지도 않았고 내 장갑 낀 손에 들린 초청장을 쳐다보지도 않았다. 그렇긴 해도 난 그가 날 알아봤다고 확신한다. "레이디 테오도라는 지금 방문객을 받지 않으십니다."

"부인이 어디 편찮으신가요?" 나는 그날의 기억을 더듬어 본데 있게 자란 모양으로 참새 목소리를 유지하며 물었다.

"부인은 지금 아무도 만나지 않으십니다."

음, 만약 부인이 그저 내키지 않은 거라면, '부인이

편찮으시냐'는 내 질문에 집사는 동의했을 것이다.

"그럼, 내일은 괜찮으시겠죠?" 내가 재잘거리듯 또 말했다.

"힘드실 것 같은데요. 부인은 지금 칩거 중이세요."

음, 또 임신이라도 한 걸까? 이미 낳은 자녀들로는 부족하단 말인가? 하지만 부인은 아이를 낳기엔 이미 늙은 나이임에 틀림없다. 이 알 수 없는 은둔이 단순히 우연의 일치일까, 아니면 레이디 테오도라의 가장 문제 많은 딸과 무슨 관련이 있는 걸까?

나는 집사에게 안타까움 또는 공허함을 내비치며 수다를 떨기 시작했다. "정말 아쉽네요. 이곳에 온 후…… 정말 뵙고 싶었는데…… 그럼 레이디 세실리와 한마디만 나눠도 될까요?"

"레이디 세실리는 더 이상 여기에 살지 않으십니다."

이 말은 두 가지 이유로 날 놀라게 했다. 세실리가 이 집에 없다면, 그녀는 어디에 있는 걸까? 그리고 집사는 왜 그리 솔직했던 걸까? 그러나 집사의 똥 씹은 듯한 표정을 보니 이미 자신이 저지른 경솔한 행동을 후회하고 있는 눈치였다. 필시 내 집요함이 그를 녹초로 만들고 있었다.

나는 좀 더 용기를 내어 문간에서 꼼짝도 하지 않은 채 말을 이었다. "정말요! 벌써 시골로 갔나 보죠?"

하지만 난 집사에게서 더 이상의 말을 듣지 못했다. 내게 양해를 구한 그가 면전에서 문을 쾅 닫아버렸기 때문이다.

레이디 테오도라를 만나러 간 일에 대해선 이쯤 해 두겠다.

음, 이젠 뭘 해야 하지?

3장

그날 저녁, 평소처럼 라고스틴 박사의 비서인 아이비 메쉴리로 변장한 나는 숙소로 돌아가 나이 지긋한 집주인과 함께 그다지 만족스럽지 못한 콩팥과 당근 요리로 저녁 식사를 했다. 터퍼 부인은 주철로 만든 문기둥마냥 귀가 잘 안 들리는 터라 난 식사하는 동안 아무 말도 하지 않았다. 하지만 식사 후엔 부인에게 읽을거리를 좀 빌리고 싶다는 신호를 보냈다. 마치 신문을 펼쳐 든 듯 양손을 펴서는 위쪽 그녀의 침실 방향을 가리킨 것이다. 이스트엔드에 있는 그녀의 가축우리 같은 집에는 방이 딱 세 개 있었다. 내 방, 그녀 방, 그리고 1층의 부엌 및 식당 겸 거실. 하지만 여전히 그 다정한 늙은 영혼은 내 말귀를 알아듣지 못한 모양이었다. 귀에 보청기를 댄 부인이 테이블 위로 몸을 기대더니 내

41

쪽으로 냅다 소리를 질렀다. "뭐라고요? 위층에 박쥐가 있다고요?"

내가 원하는 게 사교계 정기 간행물 더미란 걸 보여 주기 위해 결국 난 몸소 그녀를 위층으로 데려가야만 했다.

레이디 세실리를 찾아서 도움을 주기 위한 첫걸음으로, 나는 세실리와 같이 있던 그 수상하고 흉측한 샤프롱들의 정체를 밝혀내고 싶었다.

사실 사교계 기사나 들여다보는 일은 민주주의 신념으로 살아온 내가 지금껏 경멸해온 일이었다. 게다가 내게는 그간 밀린 일도 너무 많은 상태였다. 하지만 어쨌든 나는 터퍼 부인의 켜켜이 쌓인 정기 간행물을 내 방으로 가져온 다음 옷과 가슴 보정기, 엉덩이 조절기, 코르셋, 뺨과 콧구멍 삽입물, 곱슬 앞머리, 그리고 가짜 속눈썹까지 모두 떼어내고서 실내복과 슬리퍼 차림의 편안한 자세로 간행물들을 읽어 내려갔다.

딱히 흥미롭지는 않았지만 이후 몇 시간 동안 크로켓은 한물갔고, 테니스와 양궁은 여전히 유행이지만 여성을 위한 최신 유행 스포츠는 골프라는 것을 파악했다. 하이드 파크에서 골프 교습을 받고 있던 저그이어스 공과 레이디 파스닙페이스('머리 옆쪽으로 두드러지게 튀어나와 주전자의 손잡이를 닮은 귀Jug-ears'라는 뜻의 단

어와 '배추 뿌리같이 생긴 얼굴Parsnip-face'이라는 뜻의 단어
를 이름으로 활용한 저자의 재치가 돋보인다-역주)의 모습
이 세간에 포착되었고, 당시 레이디 파스닙페이스는 프
랑스산 물결무늬 천으로 만든 하늘색 워스(Worth. 오늘
날 고급 양장점의 기초를 쌓은 프랑스 디자이너-역주) 드레
스를 입고 있었다는 기사도 읽었다. 또 얼이라는 가문
의 맏아들 세례에 엄청난 인파가 모여들었지만, 켄싱
턴 궁전은 복원 후에도 텅 비어 있었다는 기사를 읽었
는데 참 민망했을 듯싶었다. 새틴은 한물갔고, 포드수
아(peau de soie. 매끈매끈한 수자직과 같은 명주 또는 레이
온의 부드러운 천-역주)가 뜨고 있다는 기사라든가, 대
영제국 진보를 주제로 한 유화 전람회는 에버소우 갤
러리에서만 볼 수 있다는 기사도 있었다. 그리고 자작
과 자작 부인은 그들의 딸인 롱네임과 얼 블루블러드
의 작은아들인 그레이트프라스펙츠(각각 '긴 이름Long-
name', '귀족의 혈통Blue-blood', '전도유망함Great-prospects'이
라는 뜻을 담고 있다-역주)'의 약혼을 발표했다는 기사도
있었다.

이런저런 가십거리를 접하고 있으려니 어느새 머리
가 지끈지끈 아파왔다. 아직 간행물 더미의 4분의 1도
채 읽지 않은 상태인데 이렇게 가다간 정말 미쳐버릴
것만 같았다. 나는 덕풋('물갈퀴 발Duck-foot'이라는 뜻-역

주) 공작 부인의 선상 파티 사진, 벌브노즈('전구같이 생긴 코Bulb-nose'라는 뜻-역주) 남작의 크리켓팀 연례 연회 사진, 개미허리를 자랑하는 데뷔탕트(처음 사교계에 나가는 상류층 여성-역주)의 사교계 정식 데뷔 축하 파티 사진들과 씨름하느라 정작 찾고 싶었던 두 사람의 불쾌한 얼굴은 찾지도 못 하고, 더 남아 있는 수십 개의 의미 없는 사진들만 연신 쳐다보고 있었다.

그렇게 시간만 보내고 날이 어둑해졌을 즈음, 나는 기꺼이 훌훌 털고 의자에서 일어났다. 이런 촛불 아래 계속해서 더 읽어 내려갔다가는 눈을 혹사시킬 게 뻔했기 때문이다. 그런 다음 매트리스와 침대 틀 사이 숨겨진 틈에서, 밤 외출을 할 때면 입곤 하는 어두운색 낡은 옷을 꺼내 들었다.

이제 겨울이 지났기 때문에 거리의 빈민들도 상대적으로 내 도움을 덜 필요로 했다. 더욱이 셜록 오빠가 수녀로서의 내 행보를 아는 터라 나는 깊은 주머니가 달린 내 검은 의복을 어쩔 수 없이 버려야 했다. 그러나 어려운 사람들에게 1페니를 선사하는 일은 계속해야 했기에 런던 밤거리를 돌아다닐 수 있는 다른 변장을 마련했다. 난 두엄 더미 수거인이 되기로 했다. 그러니까 제지 공장에 팔 폐지나 비료용 뼈, 제련소에 팔 고

철이라든가 (절대 내 식사용은 아닌) 각종 음식 쓰레기 더미를 뒤지는 사람 말이다. 나는 초라한 스커트 차림에 숄을 두르고 곧 쓰러질 듯 발을 질질 끌며 한 손에는 낡은 랜턴을 들고, 굽은 허리에는 삼베 자루를 지고 있었다.

마음속 불안이 날 밤길로 내몰고 있었다. 하지만 나는 이 특별한 변장을 하면서 자신에게 그럴싸한 목적을 부여했다. 그것은 단지 이스트엔드만이 아닌 런던 전역을 돌아다니며 나만의 길을 찾아가는 것이었다. 가난의 대표 격인 넝마주이로 변장한 덕에 나는 밤사이 전혀 간섭받지 않고도 어디든 갈 수 있었다. 하지만, 도의상 이처럼 꼴사납게 야밤에 몰래 들락날락하며 쓰레기 더미를 뒤지는 걸 허용할지라도, 비열하고 인색하기 그지없는 주민들은 '가난할 수밖에 없는 사람들의 대표 격'인 이런 부지런한 이들을 자신들의 구내에서 쫓아내기 바빴다.

그날 난 터퍼 부인이 잠들어 있든 말든 신경 쓰지 않았다. 그 친애하는 귀머거리 영혼이 설마 내가 나가는 소리를 들을 리 만무했기 때문이다. 숙소의 닫힌 문을 뒤로한 채 나는 붐비는 거리로 나섰다. 보통 따뜻한 달에 빈민가의 좁은 차선은 한밤중조차 붐볐다. 어디선가 나타난 얼큰하게 취한 한 무리의 남자들이 어깨동 무릎 한 채 비틀비틀 노래를 부르며 지나가고 있었다. 가로등 불빛 옆 한구석엔 초췌하고 깡마른 여자들이 몇 푼이라도 더 벌려고 손과 눈이 닳도록 밀가루 자루를 꿰매고 있었다. 또 다른 모퉁이에선 다른 여자들이 가슴과 발목을 드러낸 채 바느질이 아닌 일로 돈벌이를 하기 위해 어정대고 있었다. 사방팔방 제멋대로 고함쳐대고 있는 아이들도 보였다. 때때로 런던의 인구는 절반이 어린이들이고, 그 어린아이들의 절반이 고아이며 — 빈민가의 소녀가 열다섯 살에 아이를 낳고, 이십대에 죽는 건 흔한 일이었다 — 그 나머지 절반이 아이를 부양할 수 없는 부모에게 버림받은 '헨젤과 그레텔' 같은 아이들인 듯했다.

이런 곳이 바로 이스트 런던이었다. 난 거기서 지하철을 타고 10분 정도 지나 역시나 다른 세상이 펼쳐져 있을 것 같은 웨스트 런던에 도착했다.

특히 그날 밤 들렀던 그 인근 지역은 더더욱 그랬다. 그곳의 네모난 모양의 오래된 집들은 네모난 울타리에 에워싸여 담쟁이덩굴로 뒤덮인 채 마치 잠들어 있는 듯 고요했다. 넓고 텅 빈 이곳의 거리는 더 많은 정사각형 모양의 자갈길로 이어져 있었다. 이 지역은 아직 흡족할 만큼 다 이해하지는 못 했지만, 마치 벽돌과 돌로 이루어진 커다란 정사각형 모양의 누비이불 같았다. 문득 이런 곳엔 어떤 사람들이 살고 있을지 궁금했다. '네모난 이탈리아식 빌라에 사는 사람은 최근 등장한 벼락부자일까 아니면 쫄딱 망한 왕족일까?', '이중 경사 지붕으로 지어진 프랑스 제2제국 양식의 건물에 사는 사람은 독신 부자일까 아니면 부자 호사가일까?', '앤 여왕 시대 양식인 박공지붕 집에 사는 사람은 의사일까 아니면 멋쟁이일까?'

이곳엔 집 몇 채만 가스등 불빛이 들어와 있을 뿐, 나머지 집들은 어두컴컴했다. 그야말로 어슬렁거리며 거리를 도는 한 쌍의 분뇨 수거인 말고는 사람이라고는 코빼기도 보이지 않았다. 사실 집 안엔 수세식 화장실이 있어 분뇨 수거인이 필요하지 않았다. 하지만 뒤뜰은 여전히 변소를 사용하고 있어 어둠 동안 분뇨 수거인들이 큰 금속 분뇨 용기를 수레에 싣는 이런 불쾌한 과정이 행해질 수밖에 없었다. 그렇게 분뇨 용기 수레의 요란한 바퀴 소리가 사라진 후(물론 그 강한 악취는 아직 남아 있었지만), 더는 어떤 인기척도 들려오지 않았다. 단, 나를 향해 일정한 보폭으로 걸어오던 경관 한 명의 발소리만 빼면 말이다.

"안녕합쇼, 경관 나리." 내게 다가오는 그를 향해 내가 새된 소리로 말했다.

"음, 그래, 수고가 많군." 쾌활한 아일랜드 경관이 지

휘봉을 휘저어 내 삼베 자루를 확인하더니 허락의 뜻으로 고개를 끄덕이며 말했다. "내 예리한 후각에 따르면 말이지, 내가 지나쳐온 집들 가운데 의심 가는 집이 하나 있어. 44번지 집에 한번 가보라고. 아무래도 거기 사는 사람들이 가짜 거북 수프(바다거북 대신 송아지 머리 고기를 써서 비슷하게 맛을 낸 수프 – 역주)를 끓인 게 틀림 없어."

"아이고, 고맙습니다요." 나는 초라한 내 작은 등불을 켜고 허둥지둥 뛰어갔다. 그리고 44번지 집의 뒤뜰에서 그 집 사람들이 끓인 송아지 머리뼈를 찾았다.

각 집의 쓰레기 더미를 보면 그 집안 사람들의 생활이 그려진다. 이를테면, 이 집 사람들은 한탕해서 재산을 늘릴 야심을 갖고 있었을 거다. 진품 거북 수프는 부자들 사이에서 대유행이었기 때문이다.

일단 나는 그 송아지 머리뼈를 자루에 넣고, 적당한 긴장감을 주는 그 친근한 경관을 뒤로한 채, 집집마다 있는 뒤뜰과 뒤뜰 사이를 지그재그로 걸어 마찻길로 들어섰다. 그사이 각 마차 차고에 있는 개들이 간간이 짖어대기도 하고, 그럴 때마다 고미다락에서 자던 소년이나 신랑이 깨서 날 흘끔 쳐다본 후 '쉬잇' 하며 개들을 조용히 시키기도 했다. 이처럼 인근 야심한 세계로의 출입이 허락되면서 난 맘속으로 각 가정의 상황을 분류해보기 시작했다. 우선, 마차 차고 뒤에는 천연 비료와 짚으로 채소들을 손쉽게 풍성히 키울 채소밭이 간간이 보였는데, 보통 이런 밭을 일구는 집은 건실하고 분별 있는 사람들이 사는 집이다. 또 어떤 집들은 텅 비어 있는 듯했는데 아마도 해외에서 주인이 돌아오기만을 기다리는 집들일 것이다. 하지만 상당수 집은 아이들을 둔 가정 같았는데, 그 집에서 나온 후프, 밝은 줄무늬 공, 손뼉 치는 원숭이 장난감 등의 폐품을 보아하니 그랬다. 그리고 어떤 집은 모든 식구의 봄맞이 새 옷을 재단하는 재봉사를 데리고 있는 것 같았는데, 여기저기 널브러져 있는 서지에서 호박단(특히 드레스를 만드는 데 쓰이는 광택이 있는 빳빳한 견직물 – 역주)에 이르는 온갖 실과 천 조각을 보아하니 그랬다. 여기서 나온 물품은 컴컴한 가운데 모두 내가 일일이 랜턴을 비춰가며 수집한 것들이었다.

그런데 그 옆집에서는 내가 그 집 뒤뜰 울타리로 발을 질질 끌며 갈 때조차 이런 랜턴 같은 건 필요 없었다. 왜 그런진 몰라도 그 집에선 햇불처럼 옥외에서 활활 타오르는 최신 가스버너를 계속 켜놓고 있었기 때문이다. 아, 이 얼마나 낭비스럽고 기묘한 광경인가?

이 집 대문은 잠겨 있어 안으로 들어갈 순 없었어도 울타리의 철제 난간과 야외 가스버너 불빛을 통해 마차 차고의 모퉁이 근처에 꽤 많은 뼈가 수북이 쌓인 걸 확인할 수 있었다.

어떤 이유로든 일단 뭔가를 모으기 시작하면 그 행동은 그 자체로 일종의 광기가 되는 법이다. 애초 어둠이 물러가고 동이 틀 무렵이 되면 내가 모은 모든 물품을 첫 번째로 만나는 거지에게 거저 줄 요량이었지만, 그 뼈들을 보는 순간 난 가져가야만 했다. 그렇게 해서 나는 곧 쓰러질 듯한 등 굽은 빈민가 여인으로 변장한 사실도 잊은 채 순식간에 그 철제 울타리를 넘어갔다. 사실 무언가 타고 오르기를 좋아하는 내게 요즘 통 그럴 기회가 없던 차였다. 그런 행동은 정숙한 여인네가 즐겨 할 만한 여가 활동이 절대 아니었기 때문이다. 나는 가벼운 발걸음으로 울타리 안으로 뛰어 들어가 목표물을 향해 다가갔다.

그런데 그때였다. 어디선가 벵골 호랑이가 으르렁대는 것 같은 쩌렁쩌렁한 소리가 울려 퍼졌고, 난 제풀에 다리가 풀려 세 걸음도 채 못 가서 멈춰 섰다. 문득 앞을 보니 웬 커다란 짐승이 질주하는 말처럼 나를 향해 돌진해오는 게 보였다.

오, 하나님! 마차 차고 뒤쪽에 있던 개집을 미처 발견하지 못하는 바람에 이제 그 뼈의 온당한 주인인 거대한 마스티프(흔히 건물 경비견으로 활약하는, 털이 짧고 덩치가 큰 개 - 역주)가 내 목을 막 물어뜯을 참이었다.

울타리를 되넘어 달아날 시간 따윈 없던 터라 나는 공황상태에서 그 짐승이 잠깐 멈출 시점에 내 단도를 더듬었다. 물론 그 요란하고 무섭게 으르렁대는 소리는 그 와중에도 끊임없이 울려 퍼져왔다.

아, 대체 어떻게 된 거지? 왜 내가 아직도 물어뜯기지 않은 거지?

그때 난 보았다.

오, 세상에.

그 마스티프는 저편으로 보이는 또 다른 울타리, 그러니까 안쪽 울타리에 멈춰 서 있었던 것이다. 하지만 그건 일반적인 울타리 같진 않았다. 내가 잘못 본 게 아니라면…….

"루시퍼, 거기 뭐가 있니?" 어디선가 오만한 목소리가 들려왔고, 마스티프와 다소 비슷한 모습의 남자가 부엉이 나무 사이에서 나타나더니 이쪽으로 걸어오고 있었다.

이쪽, 그러니까 안쪽 울타리의 바깥쪽에는 '하하ha-ha'라고도 불리는 은장(정원의 경관을 해치지 않도록 경계 도랑을 파서 만든 울타리 - 역주)이 있었다.

이 은장은 깊은 도랑의 주변에 돌을 죽 세워놓은 모양을 띠고 있었다. 이런 최신 해자(성 주위를 둘러 판 못 -

역주)는 시골의 사유지에서는 흔한 것이었으며, 보통은 소와 외부인의 침입을 막고 경치를 온전히 보존하기 위해 정원 외곽에 잘 눈에 띄지 않도록 조성해놓곤 했다. 하지만 이곳 도시에선 대체 무슨 일로 이런 은장을 설치했을까?

"두엄 더미 수거인……." 그 건장한 남자가 마치 곧 으스러뜨릴 바퀴벌레라도 쳐다보듯 혐오스럽게 쳐다보며 말했다. "여긴 어떻게 들어왔지?"

가급적 몸을 낮춘 채 ─ 그 상황에선 어렵지 않은 자세였다 ─ 나는 입도 뻥긋하지 않았다. 그저 입을 약간 벌린 채 은장만 쳐다볼 뿐이었다.

"어이, 머리뼈 수거인, 너도 이게 뭔지 모르지?" 목소리에서 남자의 비웃음이 느껴졌다. "이건 '하하'야. 왜 그렇게 불리는지 알아, 흙먼지 학자님? 그건 네가 여기에서 나자빠질 때 우리가 와서 널 보고 '하하' 하고 비웃을 것이기 때문에 그런 거야."

그의 목소리는 어쩐지 마스티프의 짖는 소리보다 더 소름 끼치게 느껴졌다. 나는 몸을 돌려 오던 길로 돌아가기 시작했다.

"……하─하, 하─하……."

드디어 그의 시야에서 벗어나 마차 차고 뒤쪽의 후미진 곳으로 빠져나온 나는 젖 먹던 힘까지 다해 철제 울타리를 넘어갔다.

"……하하, 그러고 나서 우리는 떠나지." 그가 내 뒤를 따라오며 외쳤다. "그리고 네가 썩어 문드러질 때까지 널 거기에 남겨둘 거야."

다행히 난 거기서 위험에 처하진 않았다. 하지만 집으로 돌아와 내 침대에 안전하게 누울 때까지 사시나무 떨듯 떨리는 몸을 주체하기는 어려웠다.

4장

다음 날 아침, 화려한 장식의 가파른 박공지붕 고딕 주
택 건물, 그러니까 '라고스틴 박사'의 사무실이 있는 건
물로 출근한 나는 '사교계 신문'을 한 아름 안고 있었다.

"좋은 아침이에요, 메설리 양!" 활력 넘치는 급사 소
년이 날 위해 문을 열어주며 외쳤다.

"아…… 네, 좋은 아침이에요, 조디." 5월의 한낮 친츠
커튼을 뚫고 내리쬐는 햇살에도 불구하고 실내로 들
어가는 내 기분은 암울하기 그지없었다. 어젯밤 그 거
만한 남자와의 기묘한 만남으로 여전히 기분이 그늘
져 있는 탓이었다. 하지만 그 별난 분홍색 부채 문제와
비교할 때 이건 거의 문제 축에도 들지 않는 것이었다.
지금 내 팔에 부담을 지우고 있는 신문 더미처럼, 레이
디 세실리를 둘러싼 미스터리가 내 마음을 무겁게 짓

54

누르고 있었다. 왜 그녀는 그 종이 '장난감'을 그렇게나 기발한 방법으로 내게 슬그머니 건네고 간 걸까?

　짧은 한숨을 한번 내쉰 후 조디를 신문사에 보내고서 나는 차를 마시기 위해 벨을 눌렀다. 그런 다음 사교계에 대한 내 지식을 살찌우기 위해 그러브 스트리트(Grub Street. 가난한 작가나 기자들, 또는 그들의 생활을 가리킴 – 역주) 정기 간행물을 책상에 내려놓고 의자에 앉았다. 글로브 트로터('세계 관광 여행가Globe – trotter'라는 뜻의 단어를 이름으로 활용 – 역주) 경은 '공허한 여인들(Ladies of Inanity. 마음이 허한 여인들이 흥미로운 이야기로 마음을 달랜다는 뜻의 풍자적인 이름을 붙임 – 역주)' 모임에서 자신의 최근 나일강 항해에 관해 이야기를 전할 예정이다…… 어너러블 미스 디스어프루벌('못마땅함 Disapproval'이라는 뜻의 단어를 이름으로 활용 – 역주)은 어너러블 미스터 디스어포인트먼트Disappointment('실망 Disappointment'이라는 뜻의 단어를 이름으로 활용 – 역주)와 파혼한다…… 머리카락을 부드럽고 아름답게 꾸미고 싶다면, 달걀 네 개의 흰자를 휘저어 거품을 만들고, 그 거품을 머리 뿌리에 문질러 바른 다음 그대로 두라…… 봄 신상품으로 실내복이 나왔다, 솔기가 보이지 않도록 사선으로 재단하고 랩(여성이 장식 보온용으로 어깨에 두르는 천 – 역주)으로 장식한 이 실내복은…… 아, 정

55

말, 이런 뻔한 기사나 보고 있자니 미쳐버릴 지경이었
다…… 재미있게 색깔로 테마를 살린 유행처럼 번지는
노란색 오찬, 분홍색…….

가만있자.

최신 유행 중인 분홍색 다과회Pink Tea를 즐기려면 비
용이 많이 든다. 하지만 유행에 뒤떨어지는 건 상상
하고 싶지도 않다! 자, 그럼 분홍색 차를 제대로 즐
기는 방법을 한번 살펴보자. 우선, 식탁보도 분홍색
이어야 하고, 접시도 섬세한 파스텔 톤 분홍색이어야
한다(구입하기 어려울 경우 빌려도 좋다). 다음으론 화려
한 분홍색 종이로 장식한 높은 케이크 받침대에는 하
얀색 케이크를 올려놓고, 화려한 흰색 종이로 장식한
낮은 케이크 받침대에는 분홍색 당의를 입힌 케이크
를 올려놓자. 탁자는 분홍색 샹들리에 양초들로 장식
되어야 하고, 장식을 위한 꽃도 분홍색이어야 하며,
하녀들도 분홍색 모자와 분홍색 앞치마를 입어야 한
다. 그다음엔 크림과 얼음을 분홍색 종이로 참신하게
장식한 바구니, 상자, 조개껍질, 외바퀴 손수레에 담
아내자. 이를 비롯한 더 많은 아름다운 디자인의 기
념품은 부유층이 애용하는 어느 식료품 전문점에서든
구할 수 있다…….

종이 기념품. 분홍색.

값싼 분홍색 부채도 아마 이 기념품에 포함되겠지?

연관성? 음, 그래봤자 정말 실낱같은 실마리일 뿐이었다. 그래도 뭐 없는 것보다는 나았다.

나는 정자세로 반듯이 앉아 벨을 누른 뒤 조디가 없는 동안 부엌 하녀가 나타났을 때 베일리 부인과 피츠시몬스 부인에게 잠시 뵙자는 말을 전해달라고 했다.

사실 난 '라고스틴 박사'의 고딕 건물 안에서 사무실만 운영한 게 아니었다. (내 재정상의 안정을 위해) 하숙인들로 가득 찬 거주 공간도 함께 운영했다. 여기서 피츠시몬스 부인은 가정부로, 베일리 부인은 요리사로 일하고 있었다.

하얀 앞치마를 두른 두 명의 대담한 여성이 똑같이 만두처럼 부푼 얼굴을 해가지고는 의심 어린 표정으로 내 앞에 나타났다. 실제로 고용된 후에도 몇 달째 '라고스틴 박사'를 본 적이 없는 터라 그들은 분명히 내가 단순 비서 이상의 존재일 거라고 의심하고 있었다.

그들과 반갑게 인사를 나눈 후 — 물론 난 담소나 나누고자 그들을 부른 건 아니었다 — 나는 묻고 싶었던 질문을 던졌다. "식료품 공급 전문점은 어디 가야 찾을 수 있을까요?"

그러자 베일리 부인이 화난 고슴도치마냥 숨을 헐떡

이며 말했다. "그건 뭐하시게요? 제가 뭐든 만들 수 있는데……."

하지만 난 그 기분 나쁜 요리사가 부엌이라는 그녀의 영역에 대해 더 방어적으로 나오기 전에 그녀의 입을 틀어막았다. "그냥 궁금해서요. 식료품 공급 전문점은 어디서 찾을 수 있죠?"

내 말은 런던의 어느 지역을 가야 식료품 공급 전문점을 찾을 수 있느냐는 것이었다. 흔히 고만고만한 무리끼리 붙어 다니듯, 그 도시에서 일하는 사람들도 끼리끼리 모여 있을 터였다. 이를테면, 스레드니들 가의 은행원들, 새빌 로의 재단사들, 그럽 가의 값싼 잡지사 종사자들, 할리의 의사들처럼 말이다.

잠시 의논을 한 후 피츠시몬스와 베일리 부인은 대부분의 식료품 전문점이 리젠트 스트리트 인근의 최신 쇼핑 지역인 길리글레이드 코트 근처에 있다고 입을 모았다.

한 시간쯤 후, 마차 한 대가 그 상업 도시의 한 모퉁이에 섰고, 꽤 예의 바른 젊은 여성 하나도 거기서 내렸다. 난 변장을 위해 이곳의 비밀 분장실을 이용했다. 우선 나는 루주며, 볼과 콧구멍 삽입물이며, 인조 속눈썹이며, 붙임머리 등을 뗀 후 좁고 호리호리하고 귀족적인 내 얼굴을 가장 근사하고 잘 정돈된 가발(주로 깃털과 레이스로 구성된 모자를 단 가발)로 장식했다. 그다음엔 향수와 파우더를 좀 곁들인 후, 퍼프소매가 달린 최신 청자색 물방울 문양의 스위스 모슬린 산책용 드레스를 완벽하게 차려입었다. 거기다 회색빛 새끼 염소 가죽 부츠를 신고, 장갑을 낀 손에는 하얀색 오간자(빳빳하고 얇으며 안이 비치는 직물 - 역주) 양산을 들었다. 짜잔! 이 얼마나 나무랄 데 없는 상류층용 변장인가? 아, 물론 단도는 여전히 내 코르셋 가슴 부분에 감춰져 있었다. 지금은 보기 좋은 오팔 브로치로 숨겨졌지만 말이다.

리젠트 스트리트와 그 주변 환경은 이른바 세 단어, 다시 말해 유리, 가스, 황동으로 요약할 수 있다. 그중 유리로 말하자면, 주변에서 가장 휘황찬란한 곳에 있는, 수많은 램프로 빛나는 장식품투성이 내닫이창들이 그랬다. 특히 오늘같이 화창한 날엔 반질반질한 문고리 같은 부분들이 평소보다 더 반짝거려 보였다. 내 긴 스커트 자락 밑으로 실크 페티코트가 땅에 끌리며 바스락거리는 가운데 나는 그 반짝이는 상점들 안뜰을 배회하고 있었다. 그러면서 손에 든 양산을 빙빙 돌리며 카운터 뒤에서 서성이는 점원들을 향해 귀족적으로 친절하면서도 절도 있게 미소 지어 보이고 있었다. 잠시 후, 뚜렷한 목적지 없이 거니는 듯 보이던 내 발걸음은 어느새 길리글레이드 코트에 이르렀다.

내가 발을 들이는 곳마다 우아한 내 옷차림과 귀족적인 말투에 점원들이 즉시 내 비위를 맞추었다. 나는 재빨리 일부 식료품 전문점을 찾아냈고, 그들이 제공하는 서비스에 대해 원래 알고 싶었던 것보다 더 많이 알아냈다.

그들은 번지르르한 은제 페르시아식 커피포트며, 압착 유리 접시며, 화분에 심은 양치류며, 식탁 중앙에 놓는 ─ 심히 쓸모없어 보이는 ─ 접시, 과일, 꽃과 같은 장식품은 물론, 나이팅게일(수컷의 노랫소리가 아름다운 갈색의 작은 새 - 역주)이 든 천장 걸이용 금빛 새장 등을 제공하고 있었다. 또 그들은 내게 일곱 가지 코스 메뉴, 와인 리스트 그리고 유머러스한 좌우명을 담은 종이와 함께 나오는 봉봉 과자(설탕을 위주로 하여 만든 소형 과자 - 역주) 등의 엄선된 후식을 내왔다.

정말로 이 식료품 전문점들은 종이로 거의 못 하는 게 없어 보였다.

기다란 손잡이가 달린 안경 너머로 넌지시 그들을 살펴보며 나는 각 다섯 군데 전문점에서 이렇게 말했다. "이번 봄에 분홍색을 주제로 한 차가 붐이라고 들었어요."

각 전문점의 반응은 거의 같았다. "오! 맞아요. 맞고 말고요." 그러고는 분홍색 도일리(케이크나 샌드위치를 놓기 전에 접시 바닥에 까는 작은 깔개 - 역주), 분홍색 데이지 꽃, 분홍색 종이배 사탕 홀더, 분홍색 종이 장미 꽃잎 사발, 분홍색 종이 다람쥐, 분홍색 실크해트(서양의 남성 정장용 모자 - 역주), 분홍색 버섯, 분홍색 낙타, 분홍색 피라미드 등 수많은 분홍색의 싸구려 소품을 보여주었다.

나는 그들이 보여준 소품에 대해 노골적이지는 않지만 뚜렷이 드러나는 시큰둥한 눈치를 내보였다. "잘 모르겠네요……. 뭐랄까 이것들보단 좀 더 우아한…… 음, 혹 부채 같은 것도 있을까요?"

아니, 없었다. 맙소사, 그들에게 부채 따위는 없었다.

하지만 여섯 번째 식료품 전문점엔 부채가 있었다.

"오! 오, 맞아요, 잉글소프 자작 부인을 위해 특별히 만든 부채가 있어요. 그 부채들은 잘나갔죠. 그래서 좀 더 많이 만들었어요. 잠시 기다려주시면, 아가씨에게 보여드릴 걸 하나 내올게요."

곧이어 그들이 분홍색 종이부채를 내왔다.

언뜻 보기엔 벨 스커트를 입은 소녀, 곧 레이디 세실리가 내게 슬쩍 건넨 부채와 일치하는 듯 보였다.

61

"한번 보죠." 나는 이렇게 말하고서 귀족과 같은 도도한 자세로 일관했지만, 이내 귀족의 태도 따윈 안중에도 없는 상태가 되었다. 분홍색 종이부채를 쥐고 빛에 빤히 비춰보다가 뭔가 잘못된 점을 발견한 것이다. 그러니까, 그 부채는 다른 부채였다. "혹시 이 종이가 그때 썼던 것과 같은 종이인가요?……."

"잉글소프 자작 부인을 위해 만든 것 말씀이시죠? 네, 똑같은 거예요."

그 종이는 양질의 묵직한 분홍색 종이였지만 이건 그냥 평범한 종이였다. 빛에 비췄을 때 흐릿하게 보이던 투명무늬 같은 것도 전혀 없었다.

나는 잠시 그곳에 서 있었다. 틀림없이 그 불운한 점원은 내가 왜 그렇게 무서운 얼굴로 쏘아보았는지 궁금했을 것이다.

"이 부채를 제가 가져가도 될까요?" 나는 격앙된 목소리로 말했다. 물론 영문도 모르는 그들 때문이 아니라, 나 자신 때문이었다.

"물론이죠."

"고맙습니다." 나는 퉁명스러운 모습을 한 채 가장 가까운 마차 승강장으로 성큼성큼 걸어가며 중얼거렸다. "장님이야, 장님! 그야말로 난 눈뜬장님이라고."

어쩜 그리도 간단하고 뻔한 방식을 그냥 지나쳐버린 거지?

아…… 난 멍청했다. 둔했다. 바보 같았다. 하지만 마침내 옳은 단서에 다가가게 됐으니, 이제 곧 레이디 세

실리가 겪고 있는 어려움의 본질도 파악하게 되리라고
확신했다.

5장

메쉴리 양은 그날 평소보다 훨씬 일찍 자신의 숙소로
돌아왔다. 깜짝 놀란 터퍼 부인과 그 못지않게 놀란 잡
일 하는 여자아이에게 미소 띤 얼굴로 인사하고 싶었
지만, 마음만 있을 뿐 막상 그러지는 못 했다.

다행히도 귀가 안 들리는 터퍼 부인이나 허드렛일로
바쁜 여자아이에게 구구절절 설명할 필요는 없어 보였
다. 나는 그저 고개를 끄덕이고 손을 흔들며 계단을 올
라갔다. 그러고는 방문을 닫고 잠그자마자 레이디 세
실리가 내게 슬쩍 건넨 그 별난 분홍색 부채를 집어 들
었다. 나는 부채를 창문에다 대고 다시 한번 분홍색
종이에 흐릿하게 보이던 무늬를 살펴보았다.

그러니까 그 투명 체크무늬 디자인 말이다.

그리고 이제야 고백하건대 투명 체크무늬라고 했던

건 그 메시지에 대한 예의가 아니었다. 사실 난 처음 그 무늬를 볼 때부터 추측했어야 했다.

하지만 짜증은 짜증이고, 지금은 서둘러 할 일을 해야 했다.

나는 감정을 뒤로한 채 성냥으로 촛불을 켰다. 그런 다음 다시 한번 내 분홍색 미스터리를 거의 반원처럼 평평해질 때까지 펼쳐 들고는 그슬리지 않도록 조심하면서 촛불에 데우기 시작했다.

부채의 모든 부분을 균등하게 그리고 천천히 가열하려고 조심스레 움직여가며 살펴보니 갈색 선들이 분홍색 배경에 서서히 나타나고 있었다.

그렇다.

이는 보이지 않는 글이었다.

나는 레이디 세실리가 틀림없이 진정한 예술가 본능으로 레몬즙으로 만든 '보이지 않는 잉크'를 썼으며, 잉크가 마른 후에도 자국이 남지 않도록 펜보다는 작은 붓을 썼다는 걸 알아챘다.

부채에 쓴 암호를 거의 읽을 준비가 되자 가슴이 콩닥콩닥 뛰었다.

이제 해독만 하면 끝이다.

부채의 분홍색 종이에 갈색 선이 다 나타났다는 판단하에 나는 서둘러 무릎 위에 서판을 올려놓고 갈색

선이 사라지기 전에 널찍한 종이에다 암호를 옮겨 적
기 시작했다. 여전히 선명하지는 않았지만, 약간의 추
측을 더해 아래와 같은 암호를 적어나갔다.

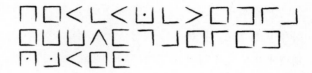

사실 몇 주 전 은둔 중일 때 외로움도 달랠 겸, 비밀 글
과 암호 주제에 관한 간행물 하나를 읽은 적이 있다.
평소 내가 읽는 간행물은 아니었지만, 그래도 읽어본
건 이른바 이 '사소한 논문(저자 자신의 표현을 따르자면
말이다)'의 저자가 다름 아닌 우리 오빠 셜록 홈즈였기
때문이다.

셜록 오빠의 논문 덕분에 난 지금 내 눈앞에 보이
는 이 암호가 지난 세기 프리메이슨(Freemasons. 회원 간
의 부조와 우애를 목적으로 삼은 비밀 결사 - 역주)의 회원에
의해 발명된 '메이슨' 암호로 불렸다는 걸 알고 있었
다. 하지만 오빠의 훌륭한 문구를 읽기 전에도 나는 이
미 이런 암호를 쉽게 해독할 수 있었다. 이 '비밀 코드'
는 이미 학생들 사이에서 널리 사용될 정도로 더는 비
밀도 아니었기 때문이다. 정말 너무나도 간단히 해독

할 수 있었던 터라 왜 굳이 레이디 세실리가 고생스럽게 이런 암호를 썼는지 궁금할 따름이었다.

나는 종이 맨 위에 암호표를 아래와 같이 휘갈겨 썼다.

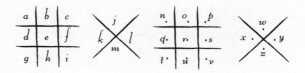

그러니까 이 암호표를 보고 각 글자가 담긴 칸의 모양을 그려놓은 게 곧 이 암호였다. 엄청 간단했다. 그만큼 해독도 누워서 떡 먹기였다. 나는 부채에 있는 암호 메시지를 아래와 같이 해독해냈다.

HELCLOCKEDIA

EBBMFGAEIED

UNLES

음, 이게 다였다.

"제기랄." 나는 내 앞에 놓인 만족스럽지 못한 메시지를 노려보며 투덜거렸다. 말이 되는 유일한 단어는 *시계clock*와 마지막에 있는 *하지 않는다면Unless*뿐이었고, 그나마 '하지 않는다면'은 철자도 잘못된 것이었다.

'하지 않는다면Unless'? 대체, 뭘 하지 않으면? 음, 이건 논쟁을 불러일으킬 만한 단어였다. 매질을 당하고 싶지 않으면 여차여차해라, 또는 ……하지 않으면 여차여차하지 않을 것이다?

대체 뭘 '하지 않는다면'일까? 그렇다고 '하지 않는다면'이 문장의 끝을 맺는 단어도 아니지 않은가?

혹 이게 철자를 잘못 쓴 게 아니라 끝맺지 못한 메시지라면? 혹 메시지를 쓰다가 갑자기 멈출 수밖에 없는 상황이었다면? 가령, 협박이라도 받은 거라면?

진실을 찾아냈다는 느낌이 뇌리를 스쳤다. 레이디 세실리는 자신의 메시지를 끝낼 수 없었고, 이로 보건대 분명히 그녀는 엄중한 감시를 받고 있었던 듯하다. 사실 그녀에게는 암호보다는 편한 영어가 더 빨리 쓸 수 있는 수단이었을 것이다.

그런데도 그녀가 그리하지 않은 건, 그럴 만한 이유가 있어서였다. 보이지 않는 잉크는 일단 마르면 보이지 않지만, 그렇다고 실제로 '볼 수 없는' 건 아니다. 그것은 특정 빛에서 눈에 띄는 광택을 남긴다. 만일 세실리가 영어로 썼다면 누군가가 발견할 수도 있었을 것이다. 반면에 직선형 암호는 그 부채의 접힌 부분을 따라 잘 숨겨져 있는 데다 장식무늬처럼 보이기 때문에 언뜻 암호란 걸 눈치채긴 어렵지만, 그래도 제대로 살펴보면 쉽게 해독할 수 있었다.

그녀는 영리했다.

그리고 절박했다. 모든 것을 담은 종이부채 위에 눈에 보이지 않는 잉크로 비밀리에 쓴 암호가 우연히 만난 사람에게 슬쩍 전해졌다. 그렇담, 분명 그 암호는 원조를 청하고, 구조를 요청하고, 도움을 청하는 것이어야 했다.

암, 그렇고말고.

처음 네 글자는 *HELC*가 아니라 *HELP*였다. P의 암호는 그것이 하나의 점을 포함하고 있다는 걸 제외하면 C의 암호와 똑같이 보였는데, 이 점이 있다는 사실을 내가 미처 감지하지 못한 게 틀림없었다.

그러면 *시계clock*는 어떠한가?

그래, 이거다! 다음 단어는 시계가 아니라 *잠기다 locked*였다!

흥분에 들뜬 채, 나는 미처 감지하지 못하고 누락시켰던 암호상의 점들을 염두에 두며 다시 한번 암호를 적었다.

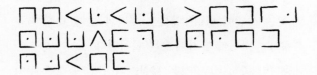

그랬더니 아래와 같은 새로운 해독이 나왔다.

HELPLOCKEDIN
ROOMSTARVED
UNLES

이걸 좀 더 보기 쉽게 영어 문장으로 만들어보면, "도와
줘! 나는 방에 갇힌 채 굶주리고 있어, '만약 ……하지
않는다면'."이 된다.

인정하건대 이 문장을 읽자마자 엄청난 만족감이 밀려
왔다. 그녀를 추적하고 그 미스터리를 하나하나 풀어
가는 일에서 엄청난 스릴이 느껴졌다. '바로 이거야!'
그 순간 레이디 세실리가 벨 스커트처럼 우스꽝스러운
옷차림을 한 이유가 번뜩 머릿속에 떠올랐다. 그녀는
야수 같은 샤프롱들로부터 도망가지 못하도록 그런 뒤
뚱거리는 복장을 강요받았던 것이다. 샤프롱들이 시킨
일을 한 후 그녀는 아마 다시 갇혔을 것이다. 하지만
어디에 갇혔을까? 이제 세실리의 문제는 실종된 사람
을 찾는 사건이 됐다! 앞으로 추적과 모험, 나아가 구
조에까지 나서야 할지도 모를 일이었다.

　　하지만 즉시 내 열정은 세실리의 안전에 대한 두려

움으로 바뀌었다. 내가 과연 그녀를 제시간에 찾을 수 있을까? 무슨 일이 일어나기 전에 그녀를 찾을 수 있을 까……?

그 메시지는 무슨 뜻일까? '만약 ……하지 않는다면' 방에 갇혀 굶주린다고?

분명 '어떤 요구에 굴복하지 않는다면'과 같은 맥락 일 것이다. 그러니까 세실리가 지금까지 반항했던 명 령에 순종하지 않는다면…… 세실리가 그 명령에 동의 하지 않는다면…….

"아, 이런……." 그 순간 잊었던 기억이 하나 떠오르 며 나도 모르게 입가에서 신음이 흘러나왔다. "이런, 멍 텅구리 같으니라고, 어쩜 이게 이제야 생각이 난담?"

"넌 혼수를 원하게 될 거고, 그 혼수를 갖게 될 거야." 샤프롱 중 한 명이 이렇게 말했었다.

그러나 어떤 종류의 혼수인지, 그 혼수 내역에 대해 선 알 방도가 없었다. 내가 아는 한 혼수는 비싸고, 레 이스로 된, 입에 담기 민망한 것들로 구성된 것이었다. 그러나 난 혼수의 용도에 대해서 아주 잘 알고 있었다.

아무래도 그들은 혼수를 장만하기 위해 그녀를 런던 으로 데리고 갔던 것 같다.

이는 그들에게 준비된 게 없다는 걸 의미했다. 사랑 스러운 리본과 주름 장식으로 가득한 약혼 기간도 없

71

었고, 선풍적 인기를 끄는 해외 물품을 주문할 시간도 없었다는 걸 의미했다.

문득 두려움이 엄습해오면서 나도 모르게 벌떡 일어서다 종이와 연필, 그리고 서판을 마루에 쏟아버렸다.

아무래도 레이디 세실리에겐 결혼이 예정되어 있는 듯했다. 그것도 곧.

그리고 이 결혼은 그녀의 의지에 반한 것이었으리라.

6장

레이디 세실리를 찾아야 했다. 그녀를 찾아 그런 끔찍하고 부당한 운명으로부터 구해내야 했다.

하지만 어떻게?

에놀라, 진정하고 찬찬히 생각해보렴. 마치 내 안에서 엄마가 말하고 있는 듯했다. 그리고 잠시 동안 엄마의 얼굴이 내 마음을 가득 채웠다.

위로가 되는 기억이었다. 다만 이 기억과 함께 혼란스러운 생각도 덩달아 떠올랐다. 난 그동안 엄마를 찾는 일을 미뤄왔었다. 왜 그랬을까?

아, 난 정말로 엄마가 보고 싶지 않았던 건가?

나는 도대체 어떻게 된 딸인가? 하지만 거듭 말하지만, 먼저 도망친 건 내가 아니라 엄마였다.

그렇지만 난 엄마를 용서하지 않았던가?

빌어먹을! 내가 대답할 수 없었던 그 혼란스러운 질문들…… 아니, 난 그 질문들에 대답하고 싶지 않았다.

마음속에서 이는 그 질문들을 제쳐둔 채, 나는 자리에 앉아 다시 연필과 종이를 주워들었다. 그러고는 심각한 곤경에 처해 있는 레이디 세실리가 나의 '최우선' 과제라고 중얼거렸다. 그다음이 엄마, 그다음이 장군의 다리뼈였다. 아, 그런데 장군에게는 사실상 그 뼈를 찾을 만한 실질적인 이유가 있다고 보기 어려웠다.

다시 레이디 세실리로 돌아와보면, 그녀의 어려움에 관해 내가 확실히 알고 있는 건 무엇일까?

사실, 내가 그녀에 대해 아는 건 거의 없었다.

뭐, 그래도 괜찮다. 아는 것에 더해 좀 더 추측해보면 되지 않은가?

나는 우선 아래와 같이 써 내려갔다.

세실리의 어머니인 레이디 테오도라는 은둔 중이다.

레이디 테오도라는 절대 강제결혼을 바랐을 리 없을 것 같다.

레이디 세실리는 그녀의 어머니와 따로 떨어져서 지냈던 듯하다.

이 모든 건 아마도 아버지인 유스타스 경의 아이디어일 것이다.

이제 슬슬 앞뒤가 맞아떨어졌다. 자유분방하고 정치적으로 편향된 견해를 지닌 데다 납치라는 스캔들을 겪는 바람에 사실상 결혼 시장에선 망가진 물건으로 취급될 게 뻔한 애처로운 왼손잡이 딸을 과연 유스타스 경이라면 어떻게 하겠는가? 뻔한 일이었다. 하지만 아무리 그렇다고 해도 세간에 딸을 드러내지 않은 채, 돈으로 샤프롱을 고용해 강제결혼을 추진하는 건 좀 무리가 있어 보였다.

어쨌든 세실리와 함께 있던 야수 같은 두 여자가 당분간 세실리를 맡고 있는 듯하니, 지금 내 임무는 그들이 누구인지 알아내고 소재를 파악하는 것이다.

나는 또 아래와 같이 써 내려갔다.

세실리의 샤프롱들은 당당하고 호화스러운 차림의
귀족 혈통인 듯하다.
그 샤프롱들은 세실리에게 마치 가족적인 권위를
휘두르는 듯했다.
그들은 세실리에게 담황색 옷을 입혔다. 과연 그것이
그들의 미적 취향일까?
세실리와 샤프롱들은 마차를 탔고, 그 번호는 ―――――
였다.
아마도 세실리는 분홍색 다과회, 그러니까 잉글소프

자작 부인의 분홍색 다과회에 참석하고 거기서 받은
부채를 가지고 있었던 게 틀림없다.

그런데 나름 확실히 알고 있는 것을 다 써봐도 그다지
도움이 되진 않았다.

그럼에도 ― 마차 번호는 기억하지 못했지만 ― 자
작 부인의 이름이나마 기억해낸 건 어느 정도 대견스
러웠다. 그렇게라도 마음을 다잡기로 했다.

사실, 이건 지금 내게 유일한 단서였다.

만약 어떤 사교계 신문이 그녀가 참석한 분홍색 다
과회에 대해 약간의 '내용'이라도 언급한다면, 그리
고…… 그 샤프롱들이 레이디 세실리와 함께 참석했다
는 가정하에…… 참석자들의 이름이 담긴 목록을 내가
찾을 수만 있다면…….

하지만 그간 쓰레기처럼 치워뒀던 그 기사 더미 쪽
으로 막상 눈을 돌리자, 커다란 탄식이 절로 새어 나왔
다. 설령 그 목록을 발견한다 한들, 레이디 세실리를 따
라다니던 그 괴물 같은 두 샤프롱을 찾으려면 거의 이
잡듯이 손님들을 뒤져야 할 판이었기 때문이다. 아니,
한술 더 떠 몇 시간이고 기사를 뒤졌는데도 자작 부인
의 그 빌어먹을 다도회 내용이 한 줄도 없으면 어쩌지?
그러니까 사교계 기자들이 공작의 아내나 백작의 아내

보다도 지위가 낮은 자작 부인에 대해 아예 기사화할 가치조차 못 느꼈다면 어쩌지……?

이런 생각을 떠올리고 있자니 숨이 턱 막혀왔다. 하지만 그 상태로 잠시 골똘히 생각해본 후, 이내 안도의 한숨을 내쉬며 혼자 빙긋 웃었다.

난 사교계 기자에 대해 실제로 아는 바는 전혀 없었지만 추측할 순 있었다. 아마도 사는 수준에 비해 많은 교육을 받은, 이를테면 가정교사와 같은 고상한 여성일 것이다. 또 자신을 돌볼 남자를 만날 때까지는 스스로 생계를 꾸려야 할 여성일 것이다. 그런 여성의 옷은 평범하고 심지어 닳아 있지만, 결코 취향이 촌스럽지는 않을 것이다. 그리고 이런 여성을 사람들은 친절하고 겸손한 자세로 대했을 것이다.

나는 서둘러 사교계 여성 기자에게 어울리는 다목적의 갈색 트위드 정장(간간이 다른 색깔의 올이 섞여 있는, 두꺼운 모직 천으로 만든 정장 – 역주)을 찾기 시작했다. 점심 식사를 건너뛴 터라 아직은 시간이 좀 있었다.

한 시간쯤 후 나는 닳고 닳은 양복 차림에 깔끔한 장갑을 끼고 갈색 모자에 달린 베일로 얼굴을 가린 채, 팔에는 속기사용 공책과 연필 한 뭉치를 들고, 시내에 있는 잉글소프의 저택 문 앞에 모습을 드러냈다.

그러고는 노크에 답한 거대한 장난감 양철 병정 같은 집사에게 말했다. "『우먼즈 가제트』지에서 왔는데요." 사실 유명 출판물들의 지난 호들을 한참 검토했지만 잉글소프 자작에 대한 언급은 전혀 없었던 터라, 일이 진행될수록 견고하게 다져나갈 방법이 필요해 보였다. "자작 부인의 분홍색 다과회에 대한 내용을 특집 기사로 다룰 수 있을까 해서 왔습니다."

"좀 늦게 온 거 아닌가요?" 집사가 괄괄한 목소리로 말했다. "벌써 일주일이나 지났는데."

자고로 애매할 땐 아무 말도 하지 말자. 나는 온화한 미소로만 답했다.

그가 눈썹을 찡그리며 물었다. "명함은 없나요?"

"아, 제가 신입이라서요." 나는 즉흥적으로 답했다. "아직 명함을 못 만들었어요."

"음, 그게 가제트 지의 방식인가 보군요. 일주일이나 늦게 신참을 보내는 거." 나는 집사의 말투에서 느껴지는 분노에는 개의치 않았다. 내가 제대로 짚었다는 반증이기 때문이었다. 그러니까 지금 잉글소프 자작 부인은 사교계 신문에 자기 이름이 나기를, 그것도 공작 부인과 같은 빈도와 범위로 자기 이름이 실리기를 간절히 바라고 있다! 자작 부인은 지금 자신이 사교계 여성 언론에서 무시당하고 있다고 느끼고 있었고, 그녀

의 가족과 식솔들은 자연스럽게 이런 감정을 공유하고
있었다.

　이제 그들이 나를 안으로 안내할 게 뻔하다고 생각
하니 문득 웃음이 터져 나오려는 걸 간신히 참았다. 자
작 부인과 식솔들의 그런 허영심이 날 외면할 리 만무
했기 때문이다.

　실제로 집사가 레이디 잉글소프에게 보고하기 위해
위층으로 올라간 상황인데도, 뜻밖에 도슨이라는 상냥
한 가정부는 이미 나를 오찬용 거실로 안내한 것도 모
자라 차까지 대기해놓았다.

　"일부러 거실을, 분홍색 다과회를 연 상태 그대로 뒀
어요." 도슨이 말했다. "그러니까 꽃들도 빼고, 거실도
다른 용도로 쓰기 전까진 말이죠. 그만큼 자작 부인께
서 공을 많이 들이시고, 다과회 후에도 감탄하며 바라
보곤 하셨거든요."

　하지만 마치 소 젖통에 발을 들여놓기라도 한 듯 온
통 분홍색 천지라, 나로서는 '감탄'이라는 표현이 그리
적절하게 느껴지지 않았다. 그렇다고 분홍색에 대한
편견이 있었던 건 아니지만, 분홍색 가리개에 분홍색
창문을 비롯해 온통 분홍색으로 뒤덮인 탁자와 벽 사
이에 있다 보니, 이젠 슬슬 분홍색이 물리기 시작했던
것이다.

지금은 변장 중이라는 사실을 애써 상기하는 동시에 은근슬쩍 드러날지 모를 메스꺼워하는 표정을 감추기 위해, 나는 재빨리 수첩을 열어 열성적으로 메모하기 시작했다. '분홍색 그로그랭 리본(견이나 레이온 등으로 만들어져 부인용 모자 등에 사용되는 리본 - 역주)으로 다도(dado. 방의 벽에서 윗부분과 다른 색깔로 칠하거나 다른 재질로 만든 아랫부분 - 역주)와 사진을 장식했고, 분홍색 망사 레이스를 천장에 매달아 아래로 볼록하게 늘어뜨렸으며, 천장에 매달린 분홍색 털실에다 분홍색 일본식 등을 매달았다.'

　　"다과회를 할 땐 분홍색과 하얀색 당의를 입힌 코코넛 케이크를 내놓았고, 식탁엔 큐비드와 백조 모양의 분홍색 얼음을 올려놓았죠. 자작 부인께선 프랑스에서부터 그 먼 길을 건너온 분홍색 드레스를 입으셨고, 우리 하인들은 그 행사를 위해 특별히 고안된 분홍색 모자를 쓰고 분홍색 앞치마를 둘렀죠. 분홍색 양초를 비롯해 온통 분홍색으로 완비해놓으니 정말 분홍색 요정 나라가 따로 없더군요!"

　　마음에서 울컥 치미는 반박이 혹여라도 튀어나올까 봐 나는 이를 악물면서 대화를 이어갔다. "꽃도 있었나요?"

　　"오, 물론이죠! 가장 사랑스러운 분홍색 장미 다발을

준비했어요. 또 신사 정장에 꽂는 꽃으로는 핑크(pink. 패랭이꽃 – 역주)를 준비했는데 그 꽃만 흰색이었답니다. 핑크는 여러 가지 색이 있었는데 아시다시피 이름이 '핑크(분홍색)'라서 준비한 거였어요."

"아, 그렇군요." 내가 억지 미소를 지으며 대꾸했다. "정말 재치 있으시네요."

"네, 자작 부인의 아이디어였어요. 그리고 참석한 분들에게 즐거움을 드리기 위해 숙녀분에게는 분홍색 종이 기념품을, 신사분에게는 분홍색 종이로 장식한 모자를 드렸죠."

나는 이제 거의 영혼이 나간 목소리로 "정말 재미있었겠네요."라고 화답했다.

"예, 참석한 분들 모두 정말 재미있어하셨어요."

아! 그리고 마침내 내가 원하던 정보를 얻을 기회가 찾아왔다. "그리고 손님들은……?"

"제이콥이 기자님께 손님 명단의 사본을 줘도 될지 자작 부인께 여쭤보러 갔어요. 제이콥이 내려왔는지 한번 가보실까요?"

"물론이죠." 장담컨대 이때 내 말투는 다소 심히 간절하게 들렸을 것이다. 그 방에 있다 보니 마치 둥근 당과를 배 터지도록 먹은 느낌이라 얼른 벗어나고 싶었기 때문이다. 도슨을 따라 저택 안으로 들어가니 분홍색이 아닌 정상의 복도가 나타났고, 드디어 분홍색에서 해방됐다는 생각에 깊은 안도의 한숨이 절로 나왔다.

하지만 열린 거실문을 지날 때쯤, 나는 불쑥 멈춰 주의를 끄는 뭔가를 빤히 쳐다봤다.

"굉장하지 않나요?" 이를 감지한 도슨이 말했다.

그 뭔가는 바로 격식을 차린 그 방 끝자락의 벽난로 선반 위 정중앙에 걸려 있던 커다란 금테 유화였다. 진홍색 무늬투성이의 정교하기 이를 데 없는 실크 드레스를 입은 한 여인이 하얀 페르시안 고양이를 무심코 안은 채 우아하게 소파 위에 걸터앉은 모습을 그린 실물화 말이다. 여담이지만 이처럼 값비싼 도자기로 가득한 저택에서 고양이를 키운다는 발상이 내겐 늘 터무니없게 느껴졌다. 그런데 부자일수록 여봐란듯이 이런 어리석은 행동 — 고양이가 나돌아다니게 두다가 워터포드 크리스털 제품을 위태롭게 만든다든지, 주인의 옷에 달린 흑담비 모피 주름 장식에다 자신의 흰색 모피를 마구 문질러대는 그 귀찮은 생물체를 가슴에 와락 껴안는 행동 — 을 더 많이 과시하는 듯했다. 하지만 정작 내 주의를 끈 건 이런 것들도, 초상화 속 여인이 입은 의상의 화려한 치장도 아니었다.

그건 바로 초상화 속 인물의 살찐 얼굴에서 드러난 묘하게 앙증맞은 모습이었다.

도슨이 말했다. "바로 저분이 자작 부인이에요."

그 자작 부인이란 사람은 내가 여성 전용 화장실에서 본 나이 지긋한 부인 중 한 명이었다.

문득, 뒤쪽에서 내가 스스로 위험에 빠졌다는 걸 알아챌 새도 없이, 집사의 목소리가 들려왔다. "레이디 오텔리아 소로우핀치, 잉글소프 자작 부인께서 개인 응접실에서 기다리고 계십니다."

7장

맙소사.

그 여자가 자작 부인이었다니.

큰일이군. 마치 그 여자가 날 알아채기라도 한 듯 순간 도망치고 싶은 두려움이 엄습해왔다. 물론 그 여자가 날 알아챌 가능성은 없었다. 그래도 혹시나 알아보면 어쩌지? 혹 내가 『우먼즈 가제트』지라는 여성 관보 출신도 아니고, 그 여자의 일에 참견이나 하러 온 자란 걸 눈치채면 어쩌지? 혹 그 분홍색 부채를 받은 사람이 바로 나라는 걸 의심받으면 어쩌지?

내가 집사를 따라 위층으로 올라가기 위해 몸을 틀기도 전에 이 모든 두려운 생각이 요동치며 물밀듯 밀려왔다. 이럴 땐 나의 아빠가 논리학자이고, 아빠의 책을 통해 내가 스스로 논리를 배운 게 많은 도움이 된다.

이를테면 이 상황에서 난 다음과 같은 논리를 세울 수 있었다.

전제: 잉글소프 자작 부인과 나는 같은 시간에 여성 전용 화장실의 응접실에 있었다.

전제: 그녀는 날 알아볼 것이다.

결론: 이런 전제들로 그녀가 날 알아볼 거라는 결론에 이를 수는 없다.

희박한 전제: 그녀는 날 목격했고 날 알아본다.

전제: 그녀는 내가 『우먼즈 가제트』지의 기자가 아님을 깨달을 것이다.

결론: 이런 전제들로 날 알아볼 거라는 결론에 이르기엔 타당치 않다. 그런 기자라면 여자 화장실을 매우 잘 사용할 것이기 때문이다.

그런데 막 계단 꼭대기에 다다를 즈음 이런 차분하고 이성적인 생각들이 자리를 잡으려는 순간, 어디선가 무거운 현관문이 쾅 열리는 소리와 함께 한 남자의 고함치는 목소리가 들려왔다. "하하!"

나는 덫에 걸린 토끼마냥 이리저리 총총 뛰면서 끽하는 신음 소리를 냈다. 그것은 바로 마스티프 개와 은장을 가진 매우 불친절했던 남자의 목소리였기 때문이다.

하지만 그럴 리가 없다! 나는 다시 논리를 세워보려고 노력했다. 도대체 저 목소리가 어떻게 여기서 들릴 수 있는 거지?

"하하! 여기요!"

나만큼이나 놀란 듯 보이는 집사가 특유의 무표정한 얼굴로 입을 열었다. "잠깐 실례하겠습니다, 아가씨." 집사는 무슨 영문인지 알아보기 위해 다시 아래층으로 내려갔고, 나는 거기 남아서 난간 너머 아래를 응시하고 있었다.

"똑바로들 서 있어! 하하! 이 얼빠진 누더기들아."

오, 악당 같은 모습의 그자 얼굴이 이제 눈에 들어왔다. 역시나 한밤중 도랑에서 날 썩게 내버려 두겠다고 협박하던 그 건장한 남자였다. 방목장용 재킷에 폭넓은 넥타이를 매고, 암회색 반바지 차림에 크림색 반장화를 신은 남자가 가스등이 환히 켜진 입구에 막 들어서고 있었다. 아울러 호전적인 얼굴에 능글맞은 표정이 딱 억지웃음처럼 보이는 이 남자의 뒤를 가장 어울리지 않을 법한 동반자들이 따라가고 있었다. 둘씩 짝지어 그를 뒤따르고 있는 이 고아들은 끔찍하기 짝이 없는 구식 깅엄(체크무늬의 면직물 – 역주) 점퍼스커트(블라우스나 스웨터 위에 입는, 소매 없는 웃옷과 스커트가 한데

붉은 옷 - 역주) 차림을 하고 있었는데 주름 장식 모자를
쓴 작은 소녀들임에도 불구하고 짧게 자른 머리카락
탓에 마치 사내아이들처럼 보였다.

집사는 그 '하하'남에게 다가가 진지하게 인사하고
는 뭔가를 중얼거렸다.

"이 꼬마 거지들에게 자선 좀 베풀어주려고. 하하!"
그 남자가 우렁찬 목소리로 내뱉었다. 나는 계단 난간
뒤에 숨은 채 재미있는 구경거리라도 생긴 듯 집사의
벗어진 이마가 잘 익은 토마토색으로 변하는 걸 바라
보고 있었다. "뭐 잘못됐소?" 그 상황에서도 그 남자에
게 공손한 태도를 보이는 집사의 모습에서 나는 뭔가
수상한 낌새를 느꼈다.

"보기만 해야지 만지면 안 돼." 뻣뻣한 자세의 중년
여성 하나가 갈색 깅엄 대열의 맨 끝에서 엄하게 쏘아
붙이고 있었다. 고아원에서 온 그 노부인을 보자마자
난 그녀가 보모란 걸 눈치챌 수 있었다. 평범한 갈색
드레스나 엄한 자태는 물론이고, 보모들이 늘상 쓰는
뒤집은 튤립 모양의 하얀 면화 모자를 착용하고 있었
기 때문이다. 꼭대기에 둥글납작한 하얀 망루가 달린
평범한 갈색 탑 같은 모습을 하고 있는 그 보모를 언제
한번 시간 날 때 꼭 그려봐야겠다는 생각이 들었다.

"자작 부인께 알릴까요?" 집사가 물었다. 그런데 사

실 묻는다기보다는 오히려 경고에 가까웠다.

"필요 없소! 내 사랑하는 녀석들에게 바라야 할 것과 바라지 말아야 할 걸 보여주고 있을 뿐이니까. 하하! 오늘도 내 집에서 이 아이들을 돌봐야겠소, 하하!"
그러나 그 남자의 터무니없는 지껄임과 집사의 태도로 볼 때 이 집이 그자의 집일 리는 만무해 보였다. 어쨌 듯 이 마스티프같이 생긴 자는 히죽히죽 능글맞게 웃다가 아이들을 쏘아보며 "이놈들아, 이쪽이야!"라고 소리치고서 앞으로 나아갔고, 고아들은 옹기종기 어깨를 맞댄 채, 그리고 내가 느꼈던 그 공포를 고스란히 드러낸 채 서로의 손을 맞잡고 천천히 그 남자를 따라갔다. 계단 아래쪽을 내려다보니 아이들과 함께 후미에서 아이들을 뒤따르는 보모의 모습이 마지막으로 보였다. 비록 그 '하하'남은 날 보지 못했고, 어떤 경우에도 날 알아채지 못했을 테지만, 이미 내 심장은 사정없이 방망이질 쳐대고 있었고, 통상 여인으로서 땀을 흘리는 건 말도 안 되는 일이지만, 내 몸은 이미 '화끈거림'의 상태로 거세게 돌입하고 있었다.

집사가 위층으로 돌아왔을 때 그 창백한 얼굴에 드러난 무표정과 무언의 암시를 보며 나는 그 '하하'남이 누구였는지 감히 묻지 못했다. 정말로, 질문은커녕 꿀 먹은 벙어리마냥 입도 뻥긋하지 않았다.

어쨌든 집사가 다시 올라오고 나서야 나는 계단 난간에 매달려 있던 어정쩡한 상태에서 간신히 벗어났다. 집사가 차가운 침묵 가운데 나를 문으로 안내했다. "마님, 말씀드린 미스, 음, 그 저널리스트입니다." 집사가 문을 열며 나를 소개했다. 적어도 그 순간만큼은 그리고 어쩐지 의심스러운 내 방문 동안에는 그의 여주인이 아래층에서 발생한 일을 모르도록 하자는 게 집사의 의도인 듯했다.

"네, 그렇군요." 퉁명스러운 태도로 맞이하면서 자작 부인은 고맙게도 나를 거의 쳐다보지도 않았다. 그런 그녀를 보며 잠시 후 나는 심호흡을 하고 약간의 평온을 되찾을 수 있었다. 물론 부인은 내게 앉으라고 권하지도 않았다. 통상 뉴스 기자는 오래 머물지 않기에. 질문할 기회도 주지 않았다. 그녀에겐 꽤 보스다운 기질이 있었기 때문이다. "제가 다과회 때 입은 옷을 기자님이 보셨으면 해요." 대기 중이던 가정부가 때맞춰 큰 벽장에서 분홍색 옷을 들고 나왔다.

"저건 워스 드레스예요." 자작 부인이 과시하듯 말하더니 살롱(과거 상류 가정 응접실에서 흔히 열리던 작가, 예술가들을 포함한 사교 모임 - 역주) 행사 자료를 큰 소리로 읽기 시작했다. "'이 정교한 다과회 드레스는 우아한 고데 플리츠(스커트에 삼각형의 천 조각을 연속적으로 끼워 만든 주름 - 역주)와 분홍색의 알록달록한 잔잔한 꽃무늬 태피터(드레스를 만드는 데 쓰는 광택이 있는 빳빳한 견직물 - 역주)로 만든 것으로 그 주변에는……' 적어요! 말한 대로 다 받아 적어주세요."

나는 고분고분 받아 적는 척 휘갈겨 썼다. 그나저나 난 자작 부인이 입었던 비취 다마스크직(보통 실크나 리넨으로 양면에 무늬가 드러나게 짠 두꺼운 직물 - 역주) 실내복이 그렇게나 자세히 묘사될 수 있다는 걸 오늘 처음 알았다. 정말로 누가 보면 여왕에게 선보일 옷인가 할 정도로 정교한 묘사였다. 아울러 이 여자가 분수에 넘치는 야심을 가지고 있다는 게 분명히 드러나는 대목이기도 했다.

"진주를 박은 새틴으로 만든 가리비 모양의 장식들 위에 잔뜩 부풀린 흰색 튤(베일·드레스 등을 만드는 데 쓰이는 실크·나일론 등으로 망사처럼 짠 천 - 역주)로 목선 주변을 다듬었고, 희귀한 두 줄의 분홍 진주로는 가슴에서 시작해 스커트의 오른쪽으로 휘감았으며, 여기에 미켈란젤로의 시스티나 성당의 여자 예언자들에게서 영감을 받은 분홍색 금덩어리 버클로 고정한…… 다 받아 적었나요?"

"네, 부인." 나는 거짓말로 대답했다. "그리고 참석자 명단을 좀 여쭤봐도 될까요?" 이제 자작 부인이 누군지 알게 되면서 레이디 세실리와 함께 있던 또 한 명의 큰 뱀 같은 여자가 누군지도 알고 싶어졌다. 나는 내심 다과회 손님 명단이 그 여자의 신원을 담고 있기를 바랐다.

"아! 그래요, 여기 명단 있어요. 우드크록 백작도 당연히 명단에 있었고요."(자작 부인은 마치 백작의 참석이 그녀에게 뜻밖의 횡재란 걸 나도 동의하는 양 지껄여댔다.) "안타깝게도 레이디 다이나 우드크록, 그러니까 타디우스 백작 부인은 참석할 수 없었지만, 트로슬바인 백작의 세 딸인 얼멘가드, 얼멘트루드, 얼미닌크로우는 참석했어요."

부인의 말은 내가 인내심의 한계를 넘어 체념할 지경에 이를 때까지 계속되었다.

"……그리고 머갠서 남작 부인, 레이디 아퀼라 머갠서. 알다시피 그녀는 제 여동생이고요."

"오, 정말요?" 내가 보인 관심은 거짓이 아니었다. 혹시 그 여동생도 그녀와 거의 똑같이 생기지 않았을까? 아퀼라 머갠서라고 했었지…….

"네. 말하기 좀 그렇지만 아퀼라는 본인 신분보다 다소 못한 사람이랑 결혼했어요."(음, 터무니없이 거만한 말이었다. 실제로 남작이나 자작은 신분상 별 차이가 없었기 때문이다.) "동생의 남편은 참석하지 않았지만, 동생이 그 아들 브램웰과 그의 약혼녀인 어너러블 세실리 알리스 테어를 데려왔고요."

그래! 맞아! 한 명의 거구가 자작 부인이라면, 또 한 명의 거구는 그녀의 여동생 아퀼라가 틀림없어. 브램웰이라는 아들을 둔 그녀는 그를 불쌍한 레이디 세실리와 결혼시킬 작정이었다! 마침내 주요 인물들의 이름을 파악하고 나니 나도 모르게 흥분한 나머지 호들갑을 떨며 말했다. "매우 매력적인 젊은 아가씨죠, 그렇고말고요."

"그럴 수도 있겠죠. 세실리가 애를 좀 쓴다면요. 현재로선 상당히 버릇없고 어린애 같아 걱정이 좀 되거든요." 하지만 그때 레이디 세실리에 대한 내 증폭된 관심이 마치 정보의 관문을 닫아버리기라도 한 듯, 갑자기 레이디 오텔리아가 내게서 등을 돌렸다. 그 순간, 마치 말 등의 좁은 안장에다 한쪽으로 쏠리도록 많은 짐을 실은 것마냥, 오른쪽이 왼쪽보다 높은 그녀의 비대칭 엉덩이가 눈에 쏙 들어왔다. 웃음이 터져 나오려는 걸 간신히 참았다.

자작 부인은 할 말을 다 마쳤다는 몸짓을 내보이며 말했다. "그게 다예요."

"예, 부인." 그래도 내 할 도리는 다해야겠다는 생각에 인터뷰를 마친 후 정중히 — 한쪽 다리를 뒤로 살짝 빼고 무릎을 약간 구부려 — 인사했다. "고맙습니다, 부인."

집사가 나를 배웅해주기 위해 기다리고 있었다. 꼿꼿한 태도를 유지하는 모습이 마치 군인 같았다. 문득 초대받지 않은 고아들의 행렬이 아직 그 건물을 떠나지 않았는지 궁금해졌다. 하지만 아직 요청할 게 남아 있던 터라 섣불리 고아들을 언급할 순 없었다. 나는 계단을 천천히 내려가며 도슨과 다시 이야기를 나눠도 될지 물었다.

"제게 알려준 내용들이 큰 도움이 됐다고 전하고 싶어서요." 내가 알랑거렸다.

집사가 시큰둥하니 별 관심 없는 표정으로 그러라고 했다. 잠시 후, 친근한 도슨과 함께 하인용 휴게실에 앉았다. 그녀는 기꺼이 자작 부인보다 훨씬 더 자세히 다과회 명단을 훑어봐주었다.

원하는 걸 바로 말하기 전에 내가 전략적으로 사교계에 관해 나눈 이런저런 잡담에 대해서는 독자의 상상에 맡기겠다. 그렇게 나는 도슨과 몇 분 동안 잡담을 나눈 뒤 이제 됐겠다 싶은 시점에 이르러 자작 부인 오텔리아와 그녀의 여동생 레이디 아퀼라에 대해 슬쩍 호기심을 드러냈다.

"아, 그래요," 하면서 친절한 도슨이 응했다. "두 분은 서로 빼다 박은 듯 닮았죠."

그래, 바로 이거야! 짐작대로 내가 숙녀용 화장실에서 오텔리아 자작 부인 및 레이디 세실리와 함께 만난 사람은 아퀼라 남작 부인이었다.

불쌍한 왼손잡이 아가씨! 그녀를 생각하면 손이 부들부들 떨릴 정도의 분노가 치밀어 올랐지만 꾹 참았다. 신랑이 될 브램웰 머갠서는 아퀼라의 아들이므로 내가 아퀼라의 계획을 좌절시키지 못한다면, 그 '대단한' 여자 아퀼라가 세실리의 시어머니가 될 게 분명했다.

비록 이 의도적인 결혼에 대해 더 알고 싶긴 했지만, 난 의심을 사지 않기 위해 도슨과 대화할 때도 신중을 기해야 했다. 아무리 수다스러운 하인이라도 주인에 대한 충성심은 매한가지인 법이니까. 나는 그녀와 찻잔을 사이에 두고 등을 기댄 채 앉아 있었다. "부인은 아이들이 많으신가요?" 오텔리아와 아퀼라 자매에 관한 화제로 자연스럽게 옮겨가기 위해 내가 먼저 넌지시 물었다. 아이를 많이 낳는 건 비록 하층 계급들 사이에선 성가신 일로 여겨졌지만, 상류층 사이에선 대단한 미덕으로 여겨졌다. 아홉 명의 아이를 낳은 빅토리아 여왕이 그 대표적인 예였다.

도슨이 안타까운 심정으로 "애처롭게도, 자작 부인에게 남은 자녀는 하나도 없으세요."라고 말하며 홍반열(진드기가 매개하는 병 - 역주)과 같은 질병으로 인한 아동 사망의 비극은 하층 계급뿐 아니라 자작 부인도 겪은 일이라고 했다. "그리고 아퀼라 남작 부인의 경우에도 다섯째인 브램웰 도련님만 살아남았고요. 그러다 보니 브램웰 도련님을 응석받이 남자로 만들어버렸죠." 도슨이 찻잔을 다시 채우며 수심에 잠긴 채 덧붙였다.

나는 겉으론 평범함을 유지했지만, 속으론 냄새를 바짝 뒤쫓는 사냥개마냥 먹을거리를 찾아 으르렁거리고 있었다. "정말요? 그분은 나이가 어떻게 되세요?"

"서른이 다 됐는데도 여전히 집에서 무위도식하고 계시죠. 게다가 곧 결혼할 몸이시건만 앞으로도 죽 그렇게 사실 것 같아요."

"그렇군요!" 나는 자연스러운 호기심인 양 순수하기 그지없는 말투로 물었다. "이 레이디 세실리 알리스테어라는 분은 누구세요?"

"사촌이에요. 그녀의 아버지인 유스타스 알리스테어 경은 아퀼라 부인과는 남매지간이고요. 물론 오텔리아 부인과도 남매지간이죠."

맙소사. 정말로 끔찍했다. 하지만 그 합의엔 추문이 날 게 하나도 없었다. 사촌끼리 결혼하는 관행은 명문 가들 사이에선 집안의 재산 보호라는 명목으로 흔히 행해지던 관습이었기 때문이다.

그러므로 유스타스 경이 자신의 딸을 누이의 아들과

95

결혼시키는 것도 그리 유별난 일은 아니었다. 문득 세실리가 납치됐을 당시 딸의 안전보다 추문을 잠재우는 데 신경 쓰던 유스타스 경의 모습이 떠올랐다. 그는 딸이 돌아온 후에도 딸을 피해자로 여기기보다 수치로 여겼을 게 분명하다. 딸의 감정 따위에는 전혀 관심이 없었던 것이다. 그래서 더 이상의 당황스러운 상황을 모면하고자 딸을 피해자의 신분으로 법정에 세우기보다 결혼시키기로 작정한 것이다. 나는 유스타스 경이 누이인 머갠서 가족에게 얼마나 많은 돈을 지불했을지 궁금했다.

도슨이 내 호응을 기다리고 있었다. "음, 잘 어울리는 한 쌍이네요." 나는 과감히 내뱉었다.

"맞아요, 정말 잘 어울리는 한 쌍이죠."

하지만 정말 궁금한데도 난처한 상황을 연출할지 모를 질문은 미뤄뒀다. 사실 난 그 '하하'남에 대해 알고 싶었다. 옷차림으로 보면 그 신사는 아마도 이 집과 관련 있는 작위를 받은 자일 듯싶었다.

나는 그 '하하'남을 처음 본 듯 슬쩍 돌려 물었다.

하지만 그 질문은 도슨이 자진해서 털어놓을 수 있는 한계를 건드렸다. 그녀는 난감해하며 정중히 말했다. "아뇨, 사실, 그분은 유스타스 경이 아니고요. 그분이 아이들을 데리고 온 건, 그러니까 예고 없이 이 집으로 그 끔찍한 아이들을 들인 건…… 음, 근데 그건 제가 더 뭐라 말씀드릴 부분이 아닌 듯해요. 이 점 널리 양해해주시리라 믿어요."

8장

나는 석연치 않은 마음으로 '라고스틴 박사'의 사무실로 돌아왔다. 불쌍한 고집덩어리에 예술성 있는 자유분방한 소녀, 세실리! 온 세상이 그런 그녀의 영혼을 망가뜨리려고 덤벼들었을 때 과연 기분이 어땠을지 난 잘 알고 있었다. 또한 친척들과 법적 후견인들에 의해 운명이 좌지우지되는 젊은 여성으로 산다는 게 어떤 기분일지도 난 잘 알고 있었다. 당시 엄마의 현명함만이 날 그런 상황에서 구해낼 수 있었다.

그렇담 레이디 세실리는 어떻게 구해내야 할까?

나는 가스등에 불을 붙인 후 바로 책꽂이 쪽으로 갔다. 귀족들의 필수 안내서인 『보일즈』지를 집어 들기 위해서였다. 점심때 먹은 게 없어선지 짜증이 좀 나기도 했지만, 저녁 식사보다는 마음을 다잡고 자리에 앉아 '잉글소프'와 '머갠서'를 찾아보았다. 그다음엔 다른 참고 문헌도 계속해서 살펴보았다. 그러고 나서 마침내 이를 토대로 일련의 사건들을 연결 지어볼 수 있었다.

유스타스, 아퀼라, 그리고 오텔리아의 아버지인 도리언 알리스테어 경은 별 볼 일 없는 준남작(남작과 기사 사이의 계급 – 역주)의 신분이었다. 다시 말해 그들은 귀족도 아니었고, 귀족 계급에 속하지도 않았다. 게다가 재력 또한 그 자신의 열망과는 아주 거리가 멀었다. 하지만, 도리언 알리스테어 경과 그의 아내가 두 딸을 사교계로 내보낼 시기가 되었을 때 소기의 성과를 거둔 것으로 미루어, 오텔리아와 아퀼라 둘 다 '상류층'과 결혼하기에 충분한 아름다움과 매력을 지니고 있었던 것으로 보인다(물론 지금 두 사람의 모습으로는 전혀 상상도 안 가는 일이지만 말이다).

『보일즈』지에 더 이상의 다른 정보는 없었다. 하지만 테오도라 부인을 이미 만나본 내 관점에서 볼 때, 유스타스 경의 아이들이 아버지 쪽이 아닌 어머니 쪽을 닮은 건 축복인 듯싶었다.

나는 레이디 세실리가 자선(기부 거부), 사교계(성공의 발판), 그리고 여성의 역할(순종)에 대한 아버지의 견해에 거세게 반대했다는 걸 알고 있었다.

문득 레이디 세실리의 사촌, 곧 그녀가 결혼해야 할

대상이 그녀의 아버지인 유스타스 경과 얼마나 닮았는지 궁금해졌다.

어쩌다 이렇게 순수하고, 영리하고, 또 거지에게 신발을 벗어줄 정도로 사려 깊은 젊은 아가씨가 처음엔 아버지 유스타스 경에게 시달리고, 다음엔 교활한 악당에게 납치당하더니, 이젠 어딘가에 갇혀 쫄쫄 굶주리는 신세가 된 걸까…… 그리고 지금은 대체 어디에?

그나마 『보일즈』지에 머갠서 남작의 런던 주소가 나와 있어 거기서부터 찾아보는 게 현명할 듯싶었다. 지금 당장.

통상 뭔가를 할 때마다 매번 옷을 갈아입을 수는 없는 노릇이다. 특히 햇빛이 다소 남아 있는 동안 머갠서의 저택을 한번 슬쩍 보는 경우엔 더더욱 그랬다. 나는 '갈색 트위드 정장이면 충분할 거야'라고 읊조렸다. 지금 바깥은 딱 내 회색 스타킹과 갈색 부츠처럼 충분히 어두웠기 때문이다. 밤 동안 복장에 변화를 꾀할 수 있는 건 유일하게 ─ 필요할 때 바로 벗을 수 있는 ─ 내 흰색 옷깃뿐이었다. 아무튼 이런 생각들로 이래저래 지체하던 나는 결국 유용할 만한 물건 몇 가지를 집어 들고는 여행용 가방에 쑤셔 넣었다.

그렇게 바깥으로 나가 이리저리 가방을 흔들어대며

사륜마차에 올라탔다. "오클리 가로 천천히 가주세요."
마부가 요구하는 요금에 한숨이 절로 나왔지만, 마차
를 타야 숨은 상태에서 바깥을 볼 수 있다는 걸 다시
한번 스스로 되뇌었다.

그건 잘한 일이었다. 막상 머갠서의 저택이 눈앞에
나타났을 때, 내 턱이 칼라 깃 주름 장식에 닿을 정도
로 떡 벌어졌던 점을 감안하면 말이다.

혹시 내가 주소를 잘못 찾아온 걸까? 아니다. 주소
는 버젓이 적혀 있었다. 바닥에 그늘을 드리울 정도로
큰 가지와 적갈색 나뭇잎이 울창한 너도밤나무 한가운
데 담쟁이덩굴로 뒤덮인 그 대저택의 울타리, 그러니
까 그 저택을 에워싼 뾰족한 연철 울타리의 문기둥에
그렇게 적혀 있었다…… 그럼 내가 애초에 주소를 잘
못 기억하고 있던 건가? 정말 그랬길 바랐다. 나는 몇
블록 더 나아가 마부에게 멈추라고 한 후, 다시 방향을
틀어 천천히 오던 길로 되돌아가보자고 말했다.

다시 한번 주위를 살펴보려는 의도였다.

하지만 그런다고 나아질 건 없었다. 설마 '아니겠거
니' 했지만, '맞구나'라는 확신만 얻은 꼴이었다. 머갠
서 남작의 런던 집은 끔찍한 '고딕 양식'의 잿빛 석조
박공지붕 건물로 왠지 괴물 석상이 가득할 것 같은 그
런 집이었다. 그러니까 그 집은 내가 두엄 더미 수거인

분장을 하고 가다 큰 덩치의 불쾌하고 사나운 남자와 마주쳤던, 정말 기묘한 은장이 있던 바로 그 집이었다.

이제야 고아들의 차림새와는 완전 동떨어진 값비싼 옷차림을 하고서 절대 우연이라고는 볼 수 없는 장소에 불쑥 나타나 날 더욱 두려움에 떨게 했던 그 '하하' 남이 누구인지 알게 됐다.

일어난 일을 곰곰이 되씹고 있자니 극도의 피곤이 몰려왔다. 그만큼 얼른 돌아가 쉬고 싶은 마음도 간절했다.

하지만 나는 집에 가는 대신 마차를 타고 코벤트 가든으로 향했고, 그곳의 분주한 길모퉁이에 다다르면서 이내 쉬려는 마음을 떨쳐냈다. 나는 거기 행상인에게서 비스킷과 레모네이드 한 잔을 산 후, 다음에 뭘 할지 떠올리며 허기를 채웠다.

그러고는 조금 돌아다니다 정육점 가판대에서 맛난 고기와 연골, 그리고 수프용 뼈를 한 아름 샀다.

갈색 포장지로 잘 싸서 여행용 가방이 불룩할 정도로 채워놓은 이 수프용 뼈와 고기로 울타리를 오를 때 마스티프의 주의를 끌려는 게 내 계획이었다.

그 하하 은장을 생각하니 몇 주 전 깎아지른 듯한 집 벽을 오르다 결국 유리로 곤두박질쳤던 위험천만한 일이 떠올랐다. 그러니까 거의 여섯 번이나 떨어질 뻔한 과정을 거쳐 겨우 지붕에 올라갔다가 그런 봉변을 당한 거였다. 당시 몇몇 베인 상처 외엔 더 심한 부상 하나 없이 운 좋게 살아남긴 했지만, 그때의 교훈으로 나는 양질의 길고 튼튼한 밧줄을 샀으며, 다시는 그 밧줄 없이는 예측 불가능한 상황에서 어떤 모험도 하지 않겠다고 다짐했다. 실제로 깔끔하게 돌돌 만 그 밧줄은 내 여행용 가방 안의 수프용 뼈 밑에 고이 자리잡고 있었다.

내가 하하 은장의 맞은편으로 무사히 건너가려면 이 밧줄을 요긴하게 활용해야 했다.

자, 바로 여기까지가 내가 가장 가까운 지하철역으로 걸어가 내 운명의 목적지까지 데려다줄 열차를 기다리면서 구상한 것이었다. 이제 내가 할 일은 그 집에 잠입해 레이디 세실리를 찾아낸 다음 감금된 상태에서 풀어주는 것이다.

하늘이여 부디 굽어살피소서!

시간이 꽤 흘러 사람들이 다 잠들었을 거라 여겨질 때쯤 — 각 집 창문의 불빛이 희미해지고, 경관들의 단조로운 발소리 외엔 적막만이 가득할 때쯤 — 나는 마차 차고 옆 어느 연철 울타리까지 미끄러져 내려갔다. 그런 다음 배낭 안에 있던 갈색 종이를 꺼내 푼 후, 그 속에 있던 수프용 뼈들을 막대기를 이용해 머갠서 집 마당에 던져놓았다. 다행히도 뼈들은 내 의도대로 개집 바로 앞에 떨어졌다. 난 마스티프가 뛰어나와 한두 번 컹컹 짖다가 이내 자기 간식을 발견하게 되리라고 기대했다.

그러나 마스티프는 짖지 않았다. 웬일인지 개의 흔적조차 없었다. 그저 예전처럼 집 바깥을 죽 에워싼 가스등만 주변을 밝히고 있을 뿐…… 아, 무모하게 시간 낭비만 한 꼴이었다!…… 어쨌든 적잖은 시간 동안 마스티프가 바깥으로 나오기를 기다렸지만, 개는 꿈쩍도 하지 않았다.

음.

혹시 개집에서 곯아떨어져 있는 걸까?

그런 행운 따윈 믿지 않았지만 계획대로 진행하는 수밖에 별다른 도리가 없었다. 나는 조심스럽게 차고 뒤 울타리의 구석진 곳으로 걸어갔다. 그곳은 가스등 불빛이 내비치지 않는 가장 어두운 공간이었다. 그곳에서 나는 여행용 가방을 벨트에 매달고 스커트를 무릎 위로 올려 묶고는 울타리를 기어 올라갔다.

내가 울타리 안으로 푹 떨어졌을 때, 소리쳐대는 어떤 마구간지기도, 짖어대는 어떤 개도, 울려대는 어떤 알람도 없었다.

하지만 그 침묵은 불안을 잠재우기는커녕 애간장만 더 녹였다. 운이 좋아도 너무 좋아 보였기 때문이다. 마치 쥐도 새도 모르게 함정에 빠지고 있는 것처럼!

그러나 계속 앞으로 가는 수밖엔 별다른 도리가 없었다.

그리고 그 하하 은장을 가로지르는 길을 찾아야 했다.

나는 어두운 곳을 벗어나기 위해 땅바닥에 바싹 붙어 기어가기 시작했다. 어릴 적 시골에서 자란 경험으로 터득한 방법이었다. 흔히 밀렵꾼들이 금지된 땅의 탁 트인 넓은 공간으로 주인 몰래 들어갈 때 발각되지 않기 위해 그런 방법을 썼듯이 말이다. 그렇게 난 무슨 방해물이라도 불쑥 등장할까 촉각을 곤두세우며 도랑 끝쪽으로 조심조심 엎드려 기어가고 있었다. 어찌나 만전을 기했던지 마치 내 피부와 머리카락 뿌리마저 어떤 인기척이라도 날까 숨죽이고 있는 듯했다.

귓가에 멀리서 자갈 위를 구르는 바퀴 소리와 말발굽의 타가닥 소리, 경첩에서 흔들리고 있는 변소 문짝의 삐걱거리는 소리, 하늘 높이 너도밤나무 잎들이 가벼운 바람 속에 바스락거리는 소리가 들려왔다. 하지만 그 외엔 아무 소리도 들리지 않았다.

초긴장 상태로 굳어 있는 내게 지척에서 목소리 하나가 들려올 때까진 말이다.

105

그 소리는 한 남자가 한탄하듯 읊조리는 목소리였다.

"빌어먹을, 죄다 끔찍한 일투성이군……."

"완전 웃음거리나 될 신세로군." 마음속에 떠오르는 온갖 힘든 감정을 애써 지우려는 듯 그가 계속해서 읊조렸다. "어떻게 이런 유치하기 짝이 없는 빤한 장애물을 못 본 거지?"

그 목소리는 하하 은장의 깊숙한 곳에서 누군가가 혼잣말로 중얼대는 소리였다.

그런데 어딘가 묘하게 귀에 익은 목소리였다.

어찌 된 일인지 충격과 공포로 제 기능을 못 할 것 같던 내 몸의 감각이 마음에 앞서 목소리를 인식한 것이다. 사실 내 촉각과 팔다리는 두려움을 느낄 새가 없었다. 도랑을 들여다볼 수 있을 때까지 계속 엎드려 기는 자세를 한 채 서둘러 앞으로 나아가느라 여념이 없었기 때문이다.

그때 한 3미터쯤 떨어진 깊은 구렁의 밑바닥에서 한밤중에 투덜거리던 그 남자가 제 상황을 살피고자 성냥불을 켰고, 그 덕에 난 그의 모습을 똑똑히 볼 수 있었다. 비록 검은 모자와 검은 옷차림에 얼굴은 검댕으로 온통 그을린 상태였지만 난 그를 분명히 알아볼 수 있었다.

바로 셜록 오빠였다.

9장

그 순간 감정이 야생마가 날뛰듯 요동치며 정신을 쏙
빼놓았다. 하지만 인정하건대 개선장군처럼 앞서 나간
그 감정 중 하나엔 '고소함'도 있었다.

대체 어쩌다가 오빠 같은 능력자가 아래로 추락한
걸까?

성냥개비를 타고 내려가는 성냥불에 손가락을 덴 듯
셜록 오빠가 성냥을 떨어뜨리며 불쑥 입에 담지 못할
말을 내뱉었다. 그때 오빠의 머리 위쪽 어둠 속에서 내
가 입을 열었다. "참 가관이네요."

성냥불은 꺼진 상태였지만, 꽤 만족할 만큼 굉장히
놀란 오빠의 모습을 포착했다.

"거기 누구요?" 대답을 요구하는 오빠의 목소리가 위
에까지 울려 퍼졌다.

"쉿," 내가 속삭였다. 순간 고소한 기분이 싹 달아나면서 다시금 긴장감이 엄습해왔다. "그러다간 마스티프가 깨요."

"누구요?" 오빠의 목소리가 조금 부드러워졌지만 여전히 날카로웠다. "브리짓?"

"제 목소리가 아일랜드 여자 목소리처럼 들리나요?" 나는 기지를 발휘하기 시작하면서 정신도 덩달아 멀쩡해졌다. "마스티프한텐 대체 무슨 짓을 한 거죠?"

"다진 쇠고기에 브롬화물(과거엔 진정제로 쓰임-역주)을 넣어 먹였다."

오빠는 날 보기 위해 또 다른 성냥에 불을 붙여 높이 쳐들었지만, 자리에서 일어나지는 않았다. 그때 언뜻 오른쪽 부츠를 벗은 채 발을 앞으로 내밀고 앉아 있는 오빠의 모습이 보였다. 양말을 신은 발 안쪽으로 발이 꽤나 부어 있는 게 아마도 삐거나 부러진 듯했다.

즉시 걱정에 휩싸인 나는 다른 모든 건 잊은 채 불쑥 내뱉었다. "이런, 다쳤잖아요!"

동시에 오빠도 소리쳤다. "에놀라?" 재수 없게도 변장한 내 음침한 얼굴까지는 아니어도 내 독특한 목소리를 알아챈 게 분명했다.

"쉿. 제가 꺼내줄게요." 벌써부터 허리에서 여행용 가방을 풀고 있던 나는 다시 마음을 바꿔 먼저 가슴 안쪽으로 손을 들이밀었다.

셜록이 말했다. "에놀라, 세상에, 넌 정말 동에 번쩍 서에 번쩍 하는구나. 대체……."

"셜록 오빠나 마이크로프트 오빠나 제게 늘 같은 말만 하네요. 여기요," 나는 셜록 오빠의 무릎 위로 충분한 길이의 붕대를 던져주었다. "그걸로 발을 감아요. 아, 잠깐만요." 나는 붕대 위로 작은 휴대용 브랜디 병도 내려주었다. "아프니까 좀 마셔봐요. 그런 다음 붕대로 발목을 최대한 단단히 감아요. 여기, 가위요."

"고맙지만 됐다, 에놀라. 내 주머니칼을 쓰면 돼. 이젠 정말 충분해."

성냥 불빛이 다시 꺼져 오빠의 얼굴을 볼 순 없었지만, 슬며시 웃는 소리가 들려왔다. 감히 말하건대 그때 오빠의 목소리에선 일종의 따뜻함이 느껴졌다. "네 주머니에 사다리라도 있다면 모르겠지만……."

"그럴지도 모르죠." 사실 사다리까지는 아니어도 밧줄은 내 가방 안에 들어 있었다. 세실리를 구하려고 넣어뒀던…… 세상에, 근데 이젠 오빠와 가엾은 세실리 중 누구를 먼저 구해야 하는 걸까? 사실 난 처음부터 셜록 오빠와 충분한 시간을 갖고 싶었다. 비록 두 오빠와 마주한 시간은 짧았지만 마이크로프트 오빠에겐 절대 털어놓을 수 없는 비밀을 왠지 셜록 오빠에겐 털어놓을 수 있을 것 같았기 때문이다. 셜록 오빠에게 내가 왜 도망쳤는지 설명하고 싶었다. 말 그대로 전통적 여성의 틀에 끼워 맞춰 살 수 없었던 나에 대해 말해주고 싶었던 것이다. 또 오빠에게 내가 내 길을 제대로 가고 있다는 걸 확인시켜주고 싶었다. 그리고 무엇보다 오빠가 엄마의 방을 조사하러 펜델로 돌아갔을 때, 엄마가 내게 남긴 어떤 소식을 발견한 건 없는지 물어보고 싶었다. 지금이 아니면, 오빠가 날 붙잡을까 봐 전전긍긍하지 않아도 되는 지금의 이런 상황이 아니라면, 오빠와 대화할 수 있는 기회는 영영 없을 것 같았기 때문이다. 그러나 지금 내게 그럴 여유 따위는 없었다. 레이디 세실리가 끔찍한 곤경에 빠져 있는 이 마당에 오빠와 한가로이 시간을 가질 순 없었던 것이다.

고로 나는 다른 모든 생각은 접어둔 채 "레이디 테오도라가 오빠에게 이 일을 의뢰한 건가요?"라고 물었다.

그러자 셜록 오빠가 불쑥 되물었다. "그렇지, 근데 넌 대체 이 문제를 어떻게 알고 있는 거니?"

오빠가 무심코 던진 말을 들으니 내 추리가 맞는다는 확신이 들었다. 그러니까 레이디 테오도라는 딸의 강제결혼에 반대했던 거다. "그럴 줄 알았어요!" 내가 소리쳤다. "부인이 절대 그럴 리 없죠. 그렇게 사랑스러운 엄마가 어찌……." 그러다 불현듯 스치는 불길한 예감에 오빠에게 다그쳐 물었다. "그런데 부인은 어떻게 오빠에게 연락을 하게 된 거죠?"

"넌 이번 일에 대해 모든 걸 알고 있는 것 같구나." 셜록이 그 '하하'남이 낼 법한 깊은 목소리로 투덜거렸다. 붕대를 잡아당겨 다친 발을 묶는 오빠에게서 거친 숨소리가 고스란히 전해져왔다. "이 일에 대한 네 생각을 듣고 싶은데?"

"제 생각엔 아무래도 유스타스 경이 세실리를 어딘가에 가둔 것 같아요. 세실리가 이 일을 어찌 대처했을지……."

"네 추리의 결론은?"

"그러니까 유스타스 경은 어머니와 딸을 갈라놓고, 딸을 여기에 가둔 것 같아요. 오빠가 여기 있는 걸 볼 때 말이죠."

"이번엔 오빠 차례예요."

"뭔가 대화가 오간 게 있었나요? 레이디 세실리가 오늘 밤 오빠가 올 거라고 기대하고 있나요?"

심술궂은 목소리로 오빠가 되물었다. "혹 세실리가 너를 기다리고 있는 거니?"

나는 말없이 입술을 꾹 다물고 있다 버럭 화를 냈다. "그냥 말해줘요! 무슨 일이 진행되고 있는 거죠?"

잠깐 동안 둘 사이에 고요한 침묵이 흘렀다.

그때 오빠가 솔직히 털어놨다. "아니. 난 세실리와 연락할 방법을 찾지 못했단다……"

"하지만 오빠는 세실리가 여기 있다는 걸 확신하고 있잖아요."

"그건 다 알려진 사실이지. 오텔리아와 아퀼라 자매는 매일 산책을 위해 한가로이 랜도 마차(지붕을 덮은 포장이 앞뒤로 나뉘어 접히게 되어 있는 사륜마차 – 역주)를 타고 그녀를 데리고 나간단다."

"이상하네요." 내가 중얼거렸다.

"맞아, 바깥 공기를 쐬어준답시고 그들이 그녀의 탈출 위험까지 무릅쓰는 게 좀 이상하게 여겨지긴 해. 그런데 아마도 그녀의 옷 속에 감춰진 어떤 구속 장치 때문에 도망갈 순 없는 듯해."

"아마도요, 하지만 도대체 세실리는 왜 도움을 요청하지 않는 거죠?"

셜록이 대꾸했다. "맙소사, 에놀라, 그 불행한 소녀는 준남작의 딸이야. 너처럼 말괄량이가 아니라고."

말괄량이? 그게 자유롭게 사고하는 독립적인 여동생을 가리키는 호칭인가? 게다가 세실리에 대해 유순하고 예의 바른 여성으로 알고 있는 걸 보니, 오빠는 나만큼 그녀를 잘 알고 있진 못하는 듯했다.

"친애하는 오라버니, 오빠의 무례와 무지를 이번에는

눈감아줄게요." 나는 다소 들뜬 마음으로 오빠에게 말했다. "보아하니 오빠도 레이디 세실리를 구하기 위해 이곳에 와 있는 듯한데 함께 힘을 합쳐보는 게 어때요? 만약 오빠가 내 자유를 침해하지 않겠다고 맹세한다면 말이죠."

"힘을 합쳐…… 에놀라, 너 제정신이니?"

오빠를 자극하며 내가 쏘아붙였다. "도랑에 빠져 절뚝거리는 사람이 큰소리칠 상황은 아닐 텐데요?"

나는 혹여나 내 말투가 오빠를 화나게 했을까 봐 두려웠다.

"내가 어떤 곤경에 빠져 있든 여긴 네가 있을 곳이 아냐. 까불지 말고 어서 집에 가거라."

전혀 오빠답지 않은 말투로 느껴졌다. 게다가 대답할 가치도 없어 보였다.

오빠의 말에 아무 대꾸도 하지 않은 채 나는 여행용 가방을 여는 데 집중했다.

"에놀라, 말이 나와서 말인데 집은 있는 거니?" 오빠가 날카로운 목소리로 말을 이어갔다. "지금까지는 어디서 어떻게 지낸 거니?"

113

오빠의 말은 한 귀로 듣고 한 귀로 흘리면서 여행용 가방에 넣어둔 물품을 떠올리며 밧줄을 꺼냈다. 밧줄을 고정시키는 고정쇠, 고기를 다지는 쇠몽둥이, 크로

케(잔디 구장 위에서 나무망치로 나무 공을 치며 하는 구기 종목 - 역주) 나무망치…… 다시 가방을 들어보니 아니나 다를까 묵직했다.

"책임감 있고 존경할 만한 어른이 널 돌봐주고 있기는 한 거니?"

나는 우선 여행용 가방을 닫고 밧줄의 한쪽 끝을 가방 손잡이에 단단히 묶었다. 그런 다음 나머지 한쪽 끝을 충분한 길이로 땅바닥에 늘어뜨린 후, 그 중간 부분을 고리 형태로 허리 벨트에 묶어 안전하게 조였다 풀었다 할 수 있도록 했다.

"돌볼 사람 없이는 안전하지 않아. 여자가 혼자 살다가는 범죄에 노출되기 십상이란다."

오빠에게 등을 돌린 채 일어선 나는 마치 꼬리마냥 밧줄이 내 뒤로 끌리도록 했다. 그러니까 두 꼬리, 곧 밧줄의 한쪽 끝은 내 여행용 가방에 닿아 있었고, 다른 한쪽 끝은 땅에 늘어뜨려 있었다. 나는 가장 가까운 나무 쪽으로 성큼성큼 걸어가 나무의 몸통을 꼭 껴안고는 위로 올라가기 시작했다.

114   이 오르기는 정말 젖 먹던 힘까지 다해야만 가능할 듯싶었다. 그도 그럴 것이 그 너도밤나무로 말할 것 같으면 몸통이 곧고 은색 나무껍질이 새틴처럼 번질번질한 데다 키까지 훌쩍 커서 최고의 난코스였기 때문이

다. 오직 간절한 필요성만이 — 인정하건대 당시 내 안엔 알량한 자존심이 꿈틀대고 있었다. 도움이 절실한 이 위대한 셜록 홈즈에게 뭔가 보여주고 싶은 마음이 굴뚝같았던 것이다 — 그리고 오직 극한의 상황만이 날 높이 오르도록 채찍질할 수 있었다.

그만큼 오르는 과정이 너무나도 힘들어 순간순간 거친 말들이 목구멍을 맴돌았지만, 꾹꾹 눌러 담은 채 이를 악물고 기어 올라갔다. 하지만 최선의 노력에도 불구하고 사실상 그 과정은 오르다가 멈췄다가 다시 스르르 미끄러지기만을 반복할 뿐이었다. 더군다나 혹여나 벗겨질까 봐 부츠의 밑창까지 부여잡고 올라가려니 문득 '다윈의 진화론'에서 말한 인류의 조상인 원숭이의 피가 내 혈관에도 흘러 발로도 손처럼 움켜잡을 수 있으면 얼마나 좋을까 싶었다. 침팬지처럼! 그럼에도 불구하고 6미터 정도 높이에 이르러 도랑을 내려다볼 수 있을 때까지 나는 온몸의 힘을 구석구석 끌어모아 끈기 있게 기어 올라갔다. 거기서 아래를 자세히 내려다볼 순 없었지만, 오빠가 올려다보는 가운데 분명 날 볼 수 있을 거라 확신했다.

그렇게 의기양양하며 확신하고 있는데 순간 내 머리에 뭔가가 세게 부딪혀오는 느낌이 들었다.

금속이었다.

이런 빌어먹을…….

정확히 무엇에 부딪힌 건지 확인하려고 위를 올려다보자 끔찍하게도 덫이 떡하니 눈에 들어왔다. 너도밤나무 몸통에서 가지가 시작되는 지점 바로 아래, 누군가 새 모이통에서 다람쥐를 쫓는 금속 덫 같은 걸 놓았는데 물론 그보단 훨씬 큰 사이즈였다.

필시 이곳에 사는 악당 같은 자들은 은장 위로 쑥 나와 있는 이 울창한 너도밤나무에서 일종의 안전함을 느끼고 있는 듯했다. 어쨌든 난 더 이상은 오를 수 없었다.

이제 아래로 내려가려면 나뭇가지에 밧줄을 설치해야 했다. 과연 안전할까? 두려운 마음에 이번에도 입에 담지 못할 불경한 말이 불쑥 튀어나왔다.

오, 신들이시여. 더러운 반바지의 신들이시여. 커다랗고 팔팔한 벼룩과 함께하는 신들이시여!

하지만 패배를 인정할 순 없었다. 나는 두 다리와 한 팔로 너도밤나무의 몸통을 꽉 부여잡고, 다른 한 손으로는 허리 벨트에 묶어둔 밧줄을 잡는 동시에 여행용 가방에 달린 밧줄 끝이 딸려오도록 잡아당기기 시작했다.

그렇게 매번 손 자세를 바꿔가며 잡고 잡아당기고 하다 보니 한 손으론 부족해 이까지 동원할 정도였다. 여기서 혹여라도 손아귀의 힘을 잃는다면…… 결과는 감히 상상할 수도 없을 터였다. 그동안 지칠 대로 지친 모든 팔다리는 서서히 힘이 빠져 부들부들 떨리기 시작했다. 그야말로 극도의 위험으로 내몰리기 일보 직전이었다. 밧줄을 매단 내 여행용 가방을 빙빙 돌려 맞은편 나뭇가지로 던지는데 그 시간이 마치 영원처럼 길게 느껴졌다. 이렇게 매달려 있다가는 떨어질 게 불 보듯 뻔했다. 두 번의 기회는 다시 안 올 게 분명한 이 상황에서 정조준하고 던져 반드시 성공해야만 했다.

그렇게 적당한 방향으로 툭 튀어나온 상당히 큰 나뭇가지를 확인한 후, 나는 공중에서 원을 그리도록 서너 번 돌린 가방을 조심스레 손에서 놓았다…….

가방은 날갯짓이 서툰 새마냥 머뭇거리며 날아오르더니, 독수리처럼 공중에서 잠시 머문 다음 이내 아래로 떨어졌다…….

됐어!

오, 하나님 감사합니다! 다행히도 밧줄은 맞은편 나뭇가지에 툭 걸렸다.

나는 줄을 좀 더 잡아당겨 가방이 나뭇가지와 몸통 사이에 단단히 고정되도록 했다. 그러고 나니 마침내 날 지탱해줄 만큼 밧줄이 팽팽해 보였다.

117

그런데 그때였다. 몸통을 움켜잡고 있던 손에 힘이 빠지면서 점점 아래로 미끄러져 내려가는 것이 아닌가?

한쪽 팔로만 죽어라고 매달려 있던 상황에서 그 와중에 고정됐던 가방까지 흐트러져 나뭇가지 끝에 아슬아슬 매달려 있었다. 나는 다시 한번 줄을 잡아당겼다…….

정말 살면서 이처럼 힘의 한계에 도달해본 적도 없는 것 같다. 그야말로 다신 겪고 싶지 않은 경험이었다! 그런데 그때였다. 지탱하고 있던 한쪽 팔과 두 다리가 제멋대로 풀리면서 내 몸까지 덩달아 아래로 쿵 하고 떨어져버렸다.

10장

순간 정말로 참기 힘든 비명이 목구멍에서 맴돌았다. 누구라도 그런 상황이라면 소리를 내질렀을 것이다. 하지만 비명을 질렀다가는 그 집으로부터 전혀 달갑지 않은 관심을 끌었을 터였다!

어찌 됐든 나는 곤두박질칠 때 '헉'하는 신음 소리 정도만 낼 정도로 아주 침착했다.

아마도 극도의 공포 가운데 스스로도 인지하지 못한 새로운 힘이 솟아나와 그랬는지도 모르겠다. 어쨌든 내가 끝까지 밧줄을 놓지 않았다는 게 감사할 따름이었다.

아주 긴 시간 같았지만 사실 극도로 놀란 심장이 겨우 몇 번 뛸 정도의 짧은 순간이었다. 축복과도 같은 그 구명 밧줄이 내 추락을 막아주었던 것이다.

119

좀 더 자세히 설명하자면, 다행히 가방은 맞은편 너도밤나무에 잘 걸렸고, 나는 반사적으로 양손으로 밧줄을 꽉 잡은 채, 숨을 헐떡이며 공중에 대롱대롱 매달려 있었다.

하지만 그것도 잠시, 체력이 거의 바닥난 상태라 슬슬 아래로 미끄러지기 시작했다.

그렇지만 그렇게 공중에서 허둥지둥 떨어지는 상황에서도 나는 간신히 몸을 가누었고, 밧줄을 손에 꼭 쥔 채 마치 의도적으로 착지한 것마냥 목표 지점에 쿵 하고 내려앉았다. 바로 내가 나무를 기어오르기 시작한 곳의 반대편인 그 은장의 가장자리 근처 말이다.

"에놀라, 너 대체 뭐 하고 있는 거니?" 오빠가 도랑에서 한층 격해진 목소리로 속삭였다.

"아니…… 보고도…… 몰라요?" 내가 숨을 헐떡이며 되받았다. 도대체 오빠는 뭘 본 거지? 나는 그 하하 은장을 건너왔고, 숨을 돌리자마자 은장 안쪽의 집으로 향할 참이었다.

"이런…… 어머니가 아마존(고대 그리스 신화 속의 여전사 – 역주)을 낳은 것 같군."

(내 생각에 그리고 내 바람에) 오빠의 목소리에는 충격과 감탄이 서려 있었다.

"왜 밧줄이 있다고 말하지 않았니? 이 빌어먹을 도랑

에서 올라갈 수 있게 어딘가 단단히 고정시킨 다음 여기로 좀 던져봐."

오빠의 말투는 자신이 손가락으로 '딱' 하고 소리만 내면 사람들이 알아서 복종하는 데 익숙한 톤이었고, 그런 톤으로는 날 전혀 움직일 수 없었다. 나는 또다시 아무 대꾸도 하지 않았다. 어떤 반항의 의도가 있어서라기보다 완전히 기진맥진한 상태였기 때문이다.

"밧줄, 에놀라!"

"아무래도 안 될 것 같아요." 나는 다소 절제된 숨을 내쉬며 싱겁게 대답했다. "나중에 제가 돌아온 다음에요, 아마도."

"뭐? 뭘 하고 돌아와?"

"불쌍한 레이디 세실리를 찾는 일이요, 모든 게 계획한 대로 되기만 한다면, 구출해오는 일이죠. 혹시 그녀가 어느 방에 갇혀 있는지 아세요?"

"북쪽 탑의 가장 접근하기 어려운 꼭대기에." 오빠의 말은 날 낙심시키려는 의도로 보였다. 하지만 한참 뒤 내가 거사를 준비하기 위해 먼지를 툭툭 털고 일어선 후에야 오빠는 본인이 내게 저항할 수 없는 도전거리를 건넸다는 사실을 깨달은 듯했다.

"에놀라, 넌 할 수 없어!"

"할 수 있을지 없을지 확신할 순 없지만," 나는 인정하며 말했다. "분명히 노력은 해볼 거예요."

"글쎄 그건 가능하지가 않은 얘기야."

"왜죠? 오빠도 저와 같은 목적으로 왔다가 은장 바닥에 굴러떨어진 거잖아요. 어쨌든 오빠의 구체적인 계획은 무엇이었나요?"

"이 빌어먹을 도랑에서 날 구해다오. 그러면 네게 알려줄 수도 있지."

오빠와는 대조적으로 나는 꽤 차분한 목소리로 말했다. "약속해주기 전까진 안 돼요."

"뭐라고?"

"오빠가 제 할 일을 막지 않겠다고 먼저 약속해요. 또 날 체포하거나 구속하려고 들지도 않겠다고 약속해요."

순간 침묵이 흘렀다.

좋은 징조였다. 셜록 홈즈는 함부로 약속할 사람이 아니라는 반증이었다. 그리고 약속을 하기만 한다면, 셜록은 반드시 그 약속을 지킬 것이다. 불현듯 '만약 우리가 친구가 될 수 있다면' 그러니까, '만약 정말 그렇게 된다면' 하는 생각이 들면서 마음속 깊은 곳의 나비가 번데기 껍질을 벗고 날아가듯, 여태 느껴보지 못한 가장 기묘한 펄럭거림의 설렘이 전해오기 시작했다. 정말이지, 맥박이 너무나도 심하게 뛰어 귓가에 울릴 정도였다……

내 심장 뛰는 소리가 귓가에 울린다고?

너무 늦을 뻔했지만, 문득 늦게나마 그건 심장 뛰는 소리가 아니란 걸 깨달았다.

그 침묵 속에서 울리던 소리는 다름 아닌 사람의 발소리였다.

내 뒤쪽 멀지 않은 곳에서 누군가 걸어오고 있었던 것이다.

누군가 집에서 나와 이쪽, 그러니까 다름 아닌 내 쪽으로 점점 가까워오고 있었다.

내 몸은 즉각적으로 반응했고, 인정하건대, 내 반응은 의도와는 정반대로 나타났다. 나도 모르게 셜록 오빠에게 밧줄을 던져주고는 "쉿! 엎드려 있어요."라고 말했던 것이다. 어쨌든 뒤쪽 나무에 걸쳐 있는 내 밧줄은 물론이고, 셜록 오빠도 발각되어선 안 될 일이었다.

하지만 대체 난 어디로 숨는담? 본능적으로 몸을 움츠리고 바닥에 납작 엎드릴 뿐 다른 방도가 전혀 떠오르지 않았다.

"……맘에 안 들어, 정말." 어딘가 귀에 익은 낮고 어두운 목소리가 들려왔다. 그건 두엄 더미 수거인에게 겁박을 주고, 고아들과 영 안 어울리는 옷차림을 하고 나타났던 바로 그 거구의 남자였다. "루시퍼가 지난 한 시간 동안 짖는 소리를 못 들었어."

"지금 개가 안 짖는다고 곤히 자고 있던 절 깨우신 건가요?" 훨씬 어린 남자의 목소리도 들려왔다. "정말 그러신 건가요, 아버지?"

"브램웰, 괜스레 뿌루퉁해서는 시비 걸지 마라. 우리가 이 모든 예방 조치를 취하는 건 다 널 위한 거야."

브램웰.

머갠서 남작의 아들이자 상속자.

내가 상당한 확신을 갖고 추리한 것처럼 그 야수 같은 남자는 바로 남작이었다.

나는 공포에 질린 채 너도밤나무 사이로 아버지와 아들이 나오는 걸 지켜보고 있었다. 두 사람은 모두 무기마냥 무거운 지팡이를 들고 있었다. 아들 브램웰은 마스티프 같은 아버지와 비슷하게 건장한 체격의 소유자였지만, 더 젊은 탓인지 왠지 두꺼비 같은 모습을 하고 있었다. 가스등 불빛 아래 비친 브램웰의 얼굴을 보니 왜 그가 신사적인 방법으로는 신부를 얻지 못했는지 알 것 같았다.

124   아버지와 아들이 마스티프가 있는 쪽으로 걸어가는 가운데 이내 남작이 소리쳤다. "보여? 누군가 개에게 먹이를 줬어!"

아니나 다를까, 그는 내가 울타리 너머로 내던진 수

프용 뼈를 가리켰다. "누군가가 개를 독살했다고!"

"아니에요, 아무도 아버지의 사랑스러운 루시퍼를 독살하지는 않았네요. 저 무지막지한 코 고는 소리가 안 들리세요? 루시퍼는 지금 자기 집에 드러누워 자고 있다고요."

그들은 마스티프의 집을 바라보며 날 등지고 서 있었고, 나는 바위 아래로 내려가는 갑각류마냥 될 수 있는 한 조용히 물러설 기회를 포착하며 서둘러 뒷걸음쳐 내려가고 있었다. 그 자세로 난 내려가면서도 그들을 계속해서 볼 수 있었다.

"마치 제가 제 방에서 자듯 말이죠." 브램웰이 딱딱거리며 덧붙였다.

"얼간이처럼 굴지 마! 독이든 수면제든 다 똑같아. 이건 누군가 침입하려 한다는 뜻이라고."

"그래서요?"

"누군가가 우리 일을 꼬치꼬치 캐고 있단 말이닷!"

"만일 그렇다면요? 그들이 탑으로 바로 들어가려고 한다면요? 거긴 옷도 여자애처럼 입은 마구간지기만 있을 뿐인걸요."

"입 다물어!"

남작의 화내는 소리에 나는 어둠 속에서 꼼짝도 하지 않았다. 그가 아들을 향해 몸을 돌리는 순간 난 정말로 남작이 아들에게 손을 대는 줄 알았다. 하지만 그 대신 그는 으르렁거리며 말했다. "거기서 한마디만 더 해봐, 가만 안 둘 줄 알아. 내 말 알아들어? 대답해!"

브램웰이 나직하게 대답했다. "네, 아버지."

"우선 권총부터 챙겨온 다음 수색해봐야겠다. 따라 와!"

"네, 아버지." 집 쪽으로 성큼성큼 걸어가는 남작을 브램웰이 온순하게 따라나섰다.

그들이 그러고 있는 동안 다른 방향에서 내 눈길을 사로잡는 또 하나의 움직임이 포착됐다.

자신이 마치 선원이라도 된 듯 능숙하게 밧줄을 타 고 은장 바닥(도랑)으로부터 기어 올라온 셜록 오빠가 저 멀리에서 울타리를 향해 살금살금 기어가고 있었다. 그러니까 조금 전 브램웰이 무심코 한 말을 통해 탑에 선 레이디 세실리를 찾을 수 없다는 걸 알아챈 셜록 오 빠가 도랑으로부터 탈출을 시도한 것이다. 좋아. '오빠 가 그렇게 가버리면 좋겠다'고 간절히 바라며 나는 가 장 가까운 나무 몸통의 뒤쪽 바닥에 납작 엎드린 채 오 빠가 떠나기만을 기다리고 있었다. 오빠는 여우같이 간교한 면이 있는 데다 성난 남작과 그의 보기 싫은 아 들만큼이나 내게 위협이 되는 존재란 걸 난 잘 알고 있 었기 때문이다.

문득 셜록 오빠가 다치지 않은 발로 일어서는 게 보였다. 다친 발은 밤인데도 꽤 눈에 띄는 흰색 붕대로 안쓰럽게 감겨 있었고, 이미 창백하게 부풀어 올라 땅에 대지도 못 하고 있었다. 오빠는 그 발에 거의 무게를 싣지 않은 채 정말 심각한 절름발이처럼 걷고 있었고, 어쨌든 될 수 있는 한 빨리 도망쳐야 하는 상황이었다.

당연히, 나는 그렇게 오빠가 바깥쪽 울타리 쪽으로 절뚝거리면서 가버릴 거라고 생각했다. 즉시.

하지만 그 대신 오빠는 한쪽 다리를 뒤뚱거리며 날 찾기라도 하듯 나지막한 목소리로 불러댔다. "에놀라!"

이런 빌어먹을! 어둠 속에 숨어 있던 나는 눈치도 없이 날 내버려 두지 않는 오빠 때문에 화가 나 주먹을 꽉 쥐었다. 하지만 동시에 조금 전 내 마음속에 찾아들었던 그 나비가 뜬금없이 또 나타나 펄럭이는 게 느껴졌다.

"에놀라, 이쪽으로 와! 널 두고 혼자 가진 않겠다."

오빠의 그 말은 진심이었다. 정말로 진작 알았어야 했다. 셜록 홈즈는 이런 상황에서 절대 자기 잇속만 챙기고 도망칠 사람이 아니었다. 그는 진정한 신사였다.

나는 내가 아는 가장 심한 욕을 중얼거리며 자리에서 일어나 위로 묶었던 스커트를 휙 잡아당겼다. 참으로 민망한 순간이었다! 하지만 무릎을 드러낸 채 오빠

127

를 대할 순 없지 않은가! 나는 묘한 감정에 휩싸인 채 구겨질 대로 구겨진 내 갈색 트위드가 발목까지 덮이도록 한 후 오빠 쪽을 향해 달려갔다.

은장을 사이에 두고 은장 저쪽에 있는 오빠를 쳐다보며 오빠의 얼굴에 드러난 온갖 미묘한 표정 변화에 집중했다. 하지만 오빠는 나를 쳐다보지도 않았다. "에 놀라, 빨리!" 그러고는 내게 밧줄을 던졌다.

나는 밧줄을 잡으면서도 셜록 오빠의 얼굴을 살폈다. 어떤 약속의 징후, 어떤 신호라도 발견하지 않을까 싶어서였다······ 하지만 오빠는 내게 어떤 약속도 건네지 않았다. 그러면 그렇지!

오빠는 어떤 약속도 하지 않을 것이다. 오빠는 그저 대리석처럼 깎아놓은 듯한 얼굴로 나를 되쏘아보기만 했다. 이 하룻밤, 단 한 시간만이라도, 자신을 믿어달라고 애원하듯 날 바라보는 오빠의 눈망울에 그 뭔가가 서려 있었다.

"빌어먹을, 셜록 홈즈." 나는 오빠를 향해 이 말을 내뱉고는 과감히 모험을 해보기로 했다. 그렇게 난 내 머리 위쪽 너도밤나무에 걸려 있는 밧줄을 잡고는 '하하' 은장을 가로질러 원래의 있던 자리인 오빠 옆쪽으로 가볍게 착지했다.

11장

정말로 나는 오빠와 너무나도 가까운 거리에 착지했고, 그 바람에 착지하자마자 뒤로 후다닥 물러났다. 당혹스러움에 얼굴이 확 달아올랐지만, 어둠 속이라 분명 오빠는 홍당무가 된 내 얼굴을 볼 수 없었을 것이다. 마치 처음부터 그럴 의도였던 듯 나는 재빨리 바깥쪽 울타리로 달려가 기어 올라가기 시작했다. 물론 여전히 한 손엔 밧줄의 느슨한 끝을 쥐고 있었다.

절뚝거리며 나를 쫓아오던 셜록 오빠가 말했다. "그 빌어먹을 줄은 좀 놓고 다니지 그러니."

나는 들은 척도 하지 않은 채 이번에는 이로 밧줄을 물었다. 울타리 철봉의 반쯤 올라가려는데 기어 올라갈 때마다 스커트를 헤치며 올라가야 하다 보니 스커트가 영 걸리적거렸다. 하지만 그럼에도 줄을 내려놓지 않고 올라간 건 바로 셜록 오빠 때문이었다. 절뚝거리는 발로 셜록 오빠가 울타리를 올라갈 수 있는 방법이 밧줄 말고 또 뭐가 있겠는가? 나는 바깥쪽 울타리의 뾰족한 꼭대기에 다다르자마자 밧줄을 움켜쥐고는 빙빙 돌린 뒤 밧줄 한쪽 끝을 오빠 쪽으로 던졌다.

오빠가 내게 고마워했을까? 천만의 말씀! 오빠가 말했다. "필요 없다."

"거기 서지 못해!" 그때 안쪽 고딕 저택 쪽에서부터 남작의 목소리가 쩌렁쩌렁 울려왔고, 거의 동시에 큰 총성이 울려 퍼졌다. "멈춰, 이 도둑들아!" 다시 한번 총성이 울려 퍼졌고, 총알이 근처 어딘가의 철제 울타리 기둥에 맞고 되튀며 날카로운 쇳소리를 냈다.

남작의 외침에 나는 멈추기는커녕 놀라운 속도로 울타리를 타고 넘어갔다.

셜록 오빠도 필요 없다던 밧줄을 엄청나게 민첩한 속도로 잘 활용하고 있었다. 실제로, 세 번째 총성이 울릴 때…… 아니 네 번째 총성이 울릴 때쯤이었나?……어쨌든 그 모든 상황이 끔찍할 정도로 내 기억 속에서 빠르고 혼란스럽게 지나가는 가운데, 드디어 오빠는 울타리 바깥으로 기어올라 빠져나오고 있었고, 남작과 그의 삐걱거리는 목소리의 아들은 우렁차게 고함을 쳐대며 우리를 향해 달려오고 있었다. 그때 남작과 아들이 한두 번 더 총을 쏘았고, 울타리를 겨우 빠져나온 셜록 오빠가 넘어졌다.

"안 돼!" 오빠가 총에 맞아 피를 흘리고…… 한숨 더 떠 죽어갈지도 모른다고 상상하며 오빠에게 달려가야 하는 그런 참혹하고 황량한 느낌! 두 번 다시 경험하고 싶지 않다.

하지만 다행히도 그렇진 않았다! 오빠는 살아 있었다. 내가 다가가기도 전에 오빠가 일어나려고 안간힘을 쓰는 모습을 포착했던 것이다. 나는 오빠의 팔을 잡고 부축했다. "내게 기대요." 나는 발걸음을 재촉하며 오빠를 거의 나르다시피 했다. 오빠는 키가 꽤 큰 남자인데도 다행히 그리 무겁지 않았다. "서둘러요, 이쪽이에요." 나는 이전에 이곳을 돌며 알아뒀던 뒷길 옆 이웃 사유지를 통해 서둘러 오빠를 데리고 나갔다. "많이 다쳤어요?"

"자존심만 좀 다쳤지. 그저 미끄러진 거야."

그럼에도 불구하고 오빠의 목소리엔 큰 고통이 스며 있어 거의 그 말이 믿기지 않았다. "총에 맞진 않았나요?"

131

"총에? 그 거리에서? 전혀. 더 가까워질 때까지 기다렸다 쐈어야 맞지……."

오빠가 거들먹거리며 말했다. 불쑥 안도감이 밀려왔

다. "다행이에요."

"다행은 무슨, 당연한 일 가지고…… 그보단 저들이 뭐라고 하는지 좀 들어보렴."

그렇게 누군가의 울타리 사이를 지나고 빈 외양간의 모퉁이를 돌아 버려진 유제품 제조공장 뒤쪽의 그림자 사이로 피신하자, 뒤쪽에서 쩌렁쩌렁하게 울리던 남작 부자의 무시무시한 저주 소리도 점점 희미해져갔다. 그때 내 어깨에 기대 있던 셜록 오빠가 심하게 다리를 절뚝거렸다.

"잠깐 멈춰, 들어봐." 오빠가 숨을 헐떡이며 속삭였다.

하지만 난 아랑곳하지 않고 계속 앞으로 걸어갔다. 오빠의 지친 숨소리로부터 몇 걸음쯤 떨어졌을까? 마치 개가 울부짖듯 남작과 그의 아들의 거친 음성이 다시 한번 들려오더니, 이내 낭랑한 아일랜드 억양의 경관이 주의를 주는 소리도 함께 들려왔다.

"진정들 하시죠. 야심한 시간에 이웃들까지 다 깨겠네요." 경관이 말했다. "침입자들도 이미 사라진 것 같은데……."

남작 부자가 으르렁거리듯 소리쳤다.

"확실히 말하지만 남작님의 땅에서는 원하는 대로 총을 쏠 권리가 있어요. 하지만 거리에선 안 됩니다."

남작 부자가 더욱 으르렁거렸다.

"누군가 침입하긴 했지만, 피해를 준 건 없어 보이는 군요. 침입자들이 사용한 밧줄이 저기 가지런히 놓여 있는 걸 보니. 이제 그만 집으로 돌아가시고, 아침에 경찰서에 신고하시죠. 침입자들에 대해선 제가 조사하겠습니다."

다시 조용해진 가운데 제 갈 길을 가는 경관의 잰걸음 소리가 들리더니 점점 그 소리마저 희미해졌다.

"이 정도면 꽤 왔죠? 그럼 좋겠는데." 모든 게 잠잠해지자 내가 중얼거렸다.

"에놀라, 넌 탈출해야 해." 오빠가 부드럽게 말했다. "난 이제 괜찮을 거야."

셜록 오빠가 나를 자기 손아귀에 다 넣은 상태에서 멋있게 놓아준다? 혹자는 내가 이런 오빠의 기사도에 감사할 거라 여길지도 모르겠다.

하지만 정반대였다. 나는 약이 올라 오빠에게 달려들었다. "저 혐오스러운 남작과 딱정벌레처럼 딱 붙어 있는 아들은 어쩌고요?"

"확실히 그들은 모두 돌아간 듯싶구나." 셜록 오빠가 치즈와 버터를 찍어내던 것으로 보이는 석판 위에 앉으며 말했다. 어둠 속이라 오빠 얼굴은 윤곽만 보일 뿐이었다.

"그들은 그 경관 말을 따를 거야. 괜스레 경관의 관심을 받고 싶진 않을 테니까."

나는 감히 코웃음을 쳤다. "전 그 얘길 하는 게 아니거든요. 그들이 세실리에게 무슨 짓을 한 걸까요? 오빠가 그 랜도 마차에서 본 소녀는 여장한 마구간 소년일 거예요. 우린 지금 눈뜬장님처럼 헛다리만 짚고 있다고요. 대체 세실리는 어디 있는 걸까요?"

잠시 정적이 흘렀다. 문득 오빠의 얼굴이 좀 더 또렷이 보이면 좋겠다는 생각이 들었다. 그때 오빠가 천천히 입을 열었다. "내가 바보 같아 보일지도 모르지만, 사실 난 이곳 런던에서 세실리 알리스테어를 본 적이 없단다."

"전 있어요."

"뭐! 언제? 어디서?"

"지난주, 대영박물관 근처에서요. 사실 제가 마이크로프트 오빠를 걷어찰 수밖에 없었던 그 순간, 뒤를 쫓고 있던 사람이 바로 세실리였어요."

"뭐라고?"

"그때 마이크로프트 오빠가 날 붙드는 바람에 오빠의 정강이를 차고 달아났었죠. 마이크로프트 오빠가 말하지 않았나요?"

분명히 오빠는 말한 것 같지 않았다. 그 말을 듣고 있던 셜록 오빠가 바로 포복절도의 웃음을 터뜨렸기 때문이다. 오빠는 거의 소리 내진 않았지만, 깔고 있던 석판까지 움켜쥘 정도로 진심으로 몸을 앞뒤로 흔들어 대며 웃고 있었다.

오빠는 히스테리를 일으키기 일보 직전으로 보였다. 그런 상태의 오빠를 안전한 곳까지 데려오는 데는 꽤 많은 시간이 걸렸다. 오빠가 정신을 좀 차릴 수 있을 정도로 조용해질 때쯤 내가 말했다. "같이 가요. 오빠 집에 데려다줄게요." 왓슨 박사에게 곧바로 갈 수 없다 면 그렇게 해야 했다.

셜록 오빠는 똑바로 서서 여전히 낄낄거리며 대답했 다. "내가 보어즈헤드와 오클리 사이 모퉁이에 마차를 대기시켜놨단다."

아. 그래, 아주 잘됐어. "그럼 제가 오빠를 거기로 안 내할게요."

"혹 지름길이라도 아는 거니?"

"네, 그 길로 가면 경관 눈에 잘 띄지 않을 거예요."

"잘됐구나." 절뚝이는 발에 무게가 실리자 이맛살을 찡 그리던 오빠가 자세를 바로 하려고 애쓰며 말했다. "만 약 네 어깨를 한 번 더 빌릴 수 있다면 말이지, 에놀라."

나는 오빠의 얼굴을 살피며 그 자리에 그대로 서 있 었다. 나는 오빠가 급박한 위기에 처했을 때 조금도 주 저하지 않고 도움의 손길을 건넸다. 하지만 과연 지금

135

도 오빠를 믿을 수 있을까? 매우 영리한 오빠가 내 뒤에서 슬쩍 수갑을 채우는 일 따윈 절대 없게 할 것이다!

"뭐, 네가 원치 않는다면," 내가 아무 말도 없자 그 의미를 정확히 간파한 오빠가 입을 열었다. "그럼 막대기나 지팡이 같은 거라도 좀 찾아주든가……."

하지만 오빠가 그 말을 내뱉을 때, 그 무미건조한 오빠의 목소리를 들으며 마치 삶의 심지가 꺼지기라도 한 듯 내 마음속 나비가 쪼그라드는 느낌이 들었다. 이건 전에 미처 느껴보지 못한 감정이었다.

나는 이 감정이 어떤 감정인지 감히 이름 붙이기도 두려웠다.

그러나 무언가 내 마음속에서 힘들고 고통스럽게 펄럭였고, 참으로 불안하긴 했지만 오빠가 내 어깨에 손을 얹을 수 있도록 오빠 옆쪽으로 걸어갔다.

12장

셜록 오빠와 나는 사람들 눈을 피해 뒷골목과 텃밭, 졸린 감시견이 짖어대는 마찻길을 지나, 바스락거리는 산울타리, 삐걱거리는 정문 그리고 어두운 창문 아래 등등 오클리 가로 가는 내내 한마디도 하지 않았다. 그곳엔 상당히 크고 튼튼한 사륜마차가 가스등 후광 아래 마치 천국의 전차라도 되는 양 다음 모퉁이에서 기다리고 있는 게 보였다.

내 등 뒤로 반 발짝 정도 바싹 따라붙으며 셜록 오빠가 묻지도 않은 질문에 불쑥 답하기 시작했다. "진정한 감사 표시도 하지 않은 채 널 그냥 보낸다면, 난 신사도 아니다, 에놀라."

오빠의 말에 진심이 느껴져 가슴이 방망이질 쳤다.

"하지만 신사로서 대하는 것도 오늘 밤까지만이다."

방망이질 치던 마음도 여기까지였다. 이성적인 오빠의 발언에 내 마음도 가라앉았다.

셜록 오빠가 그리 말할 줄 예상했어야 했다. 아니 난 차라리 오빠가 그리 말해주기를 바랐다. 어쨌든 신경 쓰지 말자. 하지만 어떻게든 날 붙잡으려는 셜록 오빠를 생각하니 짜증이 밀려와 오빠에게 쏘아붙이듯 말했다.

"그런데 오빠는 왜 날 붙잡지 못해 안달이에요?"

"사랑하는 동생아, 네 놀라운 능력을 높이 평가한다만, 네 미래를 생각하는 게 내 의무란다. 지금처럼 계속 돌아다니면 대체 결혼은 어떻게 할 수 있겠니?"

오빠는 지금, 제대로 된 남자라면 그 누구도 나무에 올라가 밧줄이나 타고 날아다니는 왈가닥을 좋아할 순 없는 노릇이라고 말하는 중이었다.

"그게 뭐 어때서요?" 내가 되받아쳤다. 그동안 아무도 날 돌보지 않았다. 그래서 그게 뭐 어쨌단 말인가? 그래도 쓴소리만큼은 내뱉고 싶지 않았다. "전 혼자가 꽤 익숙한걸요."

"하지만…… 에놀라…… 너도 분명 노처녀로 살아갈 생각은 없잖니."

확실히 독신남다운 발언이었다.

"세상은 위험한 곳이야. 여성이 자신을 보호하려면 남자가 필요하단다."

절뚝거리는 그가 내 어깨에 점점 더 기대며 말했다.

"허튼소리 말아요." 내가 오빠에게 쏘아붙였다. "그런 말 한마디만 더 하면 오빠의 아픈 발을 걷어차줄 거예요."

"에놀라! 에이, 설마!"

"아뇨, 그럴 거예요." 난 내 입장을 고수했다. "게다가 오빠의 멀쩡한 나머지 발까지 절름발이로 만들어버릴 거예요."

"에놀라!" 오빠가 자못 화난 목소리로 소리쳤다. 내가 정말 그럴 수 있다고 생각한 모양이었다.

"음…… 의무에 대해선 이쯤 하고요," 내가 응수했다. "오빠가 레이디 세실리를 구하려고 하는 게 결혼, 그러니까 남자의 '보호'로부터 그녀를 구하는 거라는 점을 굳이 상기시켜드려야 하나요? 그리고 대체 세실리는 어떻게 구할 작정인지 물어봐도 될까요?"

순간 침묵이 흘렀다.

"그들이 세실리를 어디에 가둬두고 있는지 찾을 수 있나요?"

셜록 오빠가 낮은 어조로 완곡히 대답했다. "그들이 세실리를 집에 데리고 있다고 확신했다니 내가 어리석었다. 위층 하녀를 구워삶는 데에만 열중하는 게 아니었는데……."

"아. 브리짓, 그게 위층 하녀였군요…….."

오빠가 얼굴을 찡그리며 말을 이었다. "그래도 그 하녀에게서 얻은 작지만 소중한 정보가 있었어. 사실 지금쯤은 그 가끔 오는 마차를 추적했어야 하는 건데. 뒤에 매달려 가는 한이 있더라도 말이지…….."

"지금 그 발로는 무리예요…….."

"내 발 상태는 내가 잘 알아!" 제법 화가 난 말투였다. 오빠는 멈춰 서서 누군가의 현관 기둥에 기대어 나와 마주 보았다. "에놀라, 이 사건에 대해 알고 있는 걸 말해다오, 네가 그렇게 수완이 좋다면 말이지."

사실 오빠와 함께 단 몇 분이라도 더 보내게 돼 기쁘기도 했지만 나는 티 내지 않으려고 조심하며 되받아쳤다.

"오빠가 알고 있는 걸 말해준다면요. 평소 테오도라 부인이 오빠와 편하게 연락하고 지내나요?"

"유감스럽지만 그렇단다. 테오도라 부인은 딸에 관한 남편 유스타스 경의 계획에 심한 반감을 품었고, 그런 남편으로부터 멀리 떨어져 있고자 남아 있는 자녀들과 함께 은밀히 시골의 가족 사유지로 돌아갔단다."

테오도라 부인의 피난처에 대해 들은 나는 그 대가로 세실리 알리스테어와의 최근 만남에 대해 기꺼이 알려주었다. 다만 그 장소가 숙녀용 화장실이라는 건 비밀에 부쳤다. 그건 미리 조심할 필요도 있었거니와 나중에 종종 활용할 필요도 있었기에 그냥 '공공장소'라고만 애매하게 얼버무렸다.

그러나 그 불운한 소녀 세실리의 덩치 큰 동반자들과 그녀가 입었던 꽉 죄는 옷 그리고 그녀의 초췌한 외모와 나를 알아챈 그녀의 눈빛에 대해선 충분히 전했다. 또한 이상하게도 유행에 뒤떨어진 부채로 내게 수신호를 보낸 일과 기발하게도 그 부채를 슬쩍 건네준 일 그리고 알고 보니 그 부채의 분홍색 종이에 보이지 않도록 글이 적혀 있던 일에 대해서도 상세히 설명했다.

"그 샤프롱들의 정체는 잉글소프 자작 부인와 머갠서 남작 부인이에요."라고 나는 결론지었다.

"확실해?"

"네, 확실해요."

이 사실을 어떻게 알게 된 건지에 대해선 말하지 않겠다는 내 의지를 받아들인 듯 오빠가 맞장구치며 말했다. "그럼 그 여자들이 바로 레이디 세실리를 견딜 수 없는 괴로운 상황과 곤경에 처넣은 자들이군, 빌어먹을." 마치 안타까운 마음에서 벗어나려는 듯 절뚝거리며 걷기 시작한 오빠가 한 번 더 내 어깨에 의지했다.

나는 아직 희망이 있음을 내비치고자 노력했다. "하지만 그 여자들이 벌이려는 악행에는 분명 한계가 있어요. 그러니까 결혼 의식 제단 앞에까지 세실리를 강제로 데려갈 순 있어도, 진실의 서약 순간에 '네, 그러겠습니다'라는 대답까지 세실리에게서 강제로 끌어낼 순 없을 테니까요."

"넌 세실리가 너처럼 강단 있는 애라고 확신하고 있구나, 에놀라."

이 말을 던지는 오빠의 목소리에 변덕의 기미가 느껴져 순간 비웃는 말인지 아니면 일종의 비꼬는 칭찬인지 알 수 없었다.

"하지만 아닐 것 같은데……." 셜록이 이어서 말했다. "너도 알고 다들 알다시피, 그녀가 메즈머리스타(최면술사)에게서 구출될 당시를 떠올려보면 말이지. 레이디 세실리는 다른 사람의 강한 의지에 영향을 잘 받는 편이야. 그러니까 내 말은 그녀가 남에게 지배를 당할 수도 있다는 뜻이지. 테오도라 부인에 따르면, 납치되었다 살아난 후론 거의 집안에만 틀어박혀 있었고, 실제로도 불안한 상태를 보였다고 하더구나."

"그렇군요." 오른손잡이로 태어나 엄격한 가정교육을 받고 자란 세실리가 어떻게 두 개의 자아 — 세간에 익히 알려진 대로 고분고분한 딸인 동시에 결코 결혼으로 위장된 감옥에 갇혀서는 안 될 영특하고 반항적인 개혁 성향의 왼손잡이라는 두 개의 자아 — 를 갖게 되

142

었는지에 대해선 설명하지 않은 채 나는 그저 혼잣말
로 중얼거리기만 했다.

셜록이 계속해서 말을 이었다. "여기까지가 내가 레
이디 세실리에 대해 들은 바란다. 그래서 말이지, 사실
난 그녀를 찾아내 구출하려고 할 때 그녀가 비명이라
도 지르고 날 납치범으로 여기면 어쩌나 좀 걱정이 된
단다."

말도 안 돼. 나는 오빠가 한 말의 취지는 무시한 채
그 말이 암시하는 바를 물고 늘어지며 말했다. "그러니
까 오빠는 언젠가 그녀를 런던 어딘가에서 찾을 수 있
다고 생각하는 거죠?"

"'희망'은 한가한 표현이고, 난 반드시 세실리를 찾을
거란다." 나를 납치범으로 여긴다 해도 말야."

"세실리는 그런 건 개의치 않을 거예요. 그녀를 만나
거든 이걸 보여주세요." 나는 '수많은 공급품의 저장고'
인 이른바 내 가슴으로 손을 더듬어 보송보송한 분홍
색 깃털 장식이 달린 분홍색 종이부채를 꺼냈다.

순간 셜록 오빠가 목 안 깊숙이 한밤중의 흰눈썹뜸
부기(보리밭 등에 있는 뜸부깃과 새의 일종 – 역주) 같은 요
상한 소리를 내더니 절뚝거리던 발걸음을 멈췄다. "그
거…… 그거……."

"아니요. 복제품이에요." 나는 길리글레이드 코트의

식료품 공급자에게서 얻은 그 앙증맞은 물건을 오빠에게 건네주었다. "오빠가 이걸 가지고 있는 걸 보면, 세실리도 오빠가 자기편이라는 걸 눈치챌 거예요."

오빠는 "고맙다."고 말하면서 부채를 챙겼지만, 왠지 목소리에 의심이 담긴 것으로 보아 그리 큰 희망을 품진 못하는 눈치였다. "이걸 들고 다니면 나까지 덩달아 앙증맞아 보일 것 같구나."

나는 눈을 굴리며 말했다. "그럼 그보다 더 좋은 계획이라도 있나요?"

"아직."

"저도 없어요." 마차가 기다리는 곳에 거의 다다르자 내가 멈추며 말했다. "여기서부턴 오빠 혼자서도 잘 갈 수 있을 거예요, 틀림없이. 전 더는 같이 못 가요." 문득 거리의 가로등 불빛을 피하며 오빠가 내 의상이나 자세한 모습을 못 봤으면 하는 마음이 들었다. 왜 그런지 그땐 그런 생각밖엔 들지 않았다. 설마 오빠가 날 붙잡아 마차 안으로 데려가려 한다는 두려움 따위는 아예 잊고 있었던 것이다.

144   이상하게도, 오빠가 실제로 내 어깨에서 손을 떼고 내게서 한 발짝 물러날 때까지도 그런 두려움은 들지 않았다. 오빠는 거기서 그렇게 나보다 훨씬 큰 키로 서 있었다.

그것도 아주 잘생긴 얼굴로 말이다. 적어도 내 눈엔 그랬다. 특히 가스등 불빛의 후광에 드러난 예리한 이목구비를 보아하니 그랬다.

오빠가 말했다. "에놀라, 나와 함께 가서 차 한잔 마시고, 이 일에 대해 좀 더 이야기해보지 않겠니?"

이 말은 '네 발로 내 소굴로 걸어 들어오지 않겠니?'라고 거미가 파리에게 건네는 것과 다름없는 말이었다. 하지만 그러면서도 내 머릿속엔 터무니없는 생각이 떠올랐다. 셜록 홈즈는 약속을 신성시하며 그 약속을 어찌 됐건 지키는 사람이다. 그런 오빠라면 함께 몇 시간 정도는 더 있을 수도 있지 않은가…….

그런 생각을 하고 있자니 뭔가 황홀한 감정이 밀려오면서 문득 깨달음이 왔다. '내가 두려웠던 건 혹여나 오빠를 좋아하게 되면 어쩌나 하는 마음이었다.' 마치 동화에 나오는 밤 괴물이 낮에 힘이 빠져 붙잡히듯 오빠와 몇 시간만 더 같이 있다간 마음이 약해져 떠날 수 없을 것만 같았다.

나는 거의 공포에 질려 말했다. "고맙지만 다음에요."

"다음 같은 건 없어. 강제결혼은 내일 아침부터 이틀간 열릴 예정이다."

오, 맙소사!

"뭐라고요?" 나는 소리쳤다. 그러고는 좀 더 알기 쉬운 표현으로 되물었다. "어디서요?"

"정말 난감하다만, 잘 모르겠다."

아, 진짜 말도 안 돼!

"상당히 외딴곳에 있는 예배당을 쓸 준비가 돼 있다는 게 내가 브리짓한테서 알아낸 전부란다."

아, 정말 말도 안 돼!

셜록이 말했다. "너 정말 나와 함께 가지 않을래, 에놀라?"

그 순간 마음이며 감정이 모두 심란했다. 난 격렬히 머리를 흔들며 말했다. "생각 좀 해야겠어요."

"그렇구나. 그렇담 어쨌든 오늘 밤 네가 베푼 도움에 진심으로 감사해야겠구나." 오빠는 팔을 뻗으며 내게 악수를 청했다.

아니면 설마 그 순간 날 붙잡으려고 했나? 오빠 눈엔 내가 바보로 보였나?

그러나 나는 거절로 오빠의 감정을 모욕할 순 없었다. 그렇게 오빠와 나의 손가락이 닿았다. 그다음엔 오빠의 장갑 낀 손가락이 나무와 울타리를 오르느라 더러워지고 냄새나고 심지어 피까지 나는 내 손을 감쌌다.

146

하지만 오빠의 손이 잠시 머뭇거리는 사이 나는 손을 쏙 뺐다.

"겁도 많은 내 동생," 오빠가 중얼거렸다. 오빠의 말투는 거의 씁쓸하다 못해, 감히 말하자면, 아쉬워하는 목소리였다. "널 보면 황무지의 야생 조랑말이 생각나는구나. 그럼 다시 만날 때까지 잘 있으렴." 그리고 오빠는 절뚝거리며 가버렸다.

13장

그날 밤 있었던 나머지 세세한 일에 대해선 독자의 상상에 맡기겠다. 다만 오빠가 마차를 타고 떠나는 모습을 본 후, 마치 베수비오 산(이탈리아 나폴리 만에 면한 활화산 – 역주)이 분출하듯 내 안에서 뜻하지 않은 격렬한 감정이 폭발해 가슴이 몹시 에였다고만 해두겠다. 이스트엔드로 돌아가는 사이사이 나는 흐느껴 울었고 숙소에 도착해서는 침대에 눕자마자 거의 인사불성 상태로 잠들어버렸다. 그리고 아침에 일어나서는 다시 울음을 터뜨렸다. 그렇게 아침 식사도 거른 채 옷을 챙겨 입을 의욕도 없이 잠옷 차림으로 앉아 있었다. 그런데 그때였다. 뜬금없는 공포가 불쑥 밀려왔다. 혹시 오빠가 이곳까지 날 추적했으면 어쩌지? 그 생각을 하니 침대에 가만히 있을 수만은 없었다. 나는 극심한 공포에 떨며 창틀과 블라인드 사이 창밖을 응시했다. 물론, 셜록의 흔적 같은 건 없었다. 그런데 참, 아이러니하게 도 그 순간 묘한 실망감이 몰려왔다.

사실 내 마음속엔 온갖 감정이 뒤죽박죽 뒤엉켜 있 었고, 생각 또한 겁먹은 메추라기마냥 산만하게 돌아 가고 있었다. 그러니까 내 시도는 실패했고, 불운한 레 이디 세실리를 구하기 위해 할 수 있는 건 아무것도 없 었으며, 그건 발을 다친 셜록 오빠도 마찬가지였다. 또 그 와중에 난 오빠의 발이 부러지지 않았길 바랐고, 오 빠가 그 발을 보이러 왓슨 박사에게 갔을지도 궁금했 고, 왜 오빠가 그 하하 은장에 잠입할 때 자신의 절친인 왓슨과 함께 오지 않았는지도 궁금했다. 머갠서 악당 들이 그들의 희생자 세실리를 어디에 가두고 있는지도 궁금했다. 그리고 엄마가 대체 어디에서 이리저리 돌 아다니고 있는지, 혹 어떤 위험에 처한 건 아닌지도 궁 금했다…….

아, 엄마는 생각하지 말아야지. 게다가 나는 셜록 오 빠가 마이크로프트 오빠와 만나 이번 이야기를 나눴는 지도 궁금했다. 빌어먹을 마이크로프트 오빠, 오빠는 셜록 오빠에게 '공공장소', 곧 여성 전용 화장실의 정확 한 위치를 알려줄 것이다. 고로 나는 다시는 숙녀 화장 실에 가까이 가지 말아야 한다. 아울러 마이크로프트

오빠가 그날 내가 입은 옷을 보았기 때문에 학자풍의 짙은 색 드레스도 입지 말아야 한다. 사실상 오빠들 중 한 명의 눈에 띌 때마다 내가 변장할 수 있는 선택의 폭도 그만큼 줄어들 수밖에 없다. 셜록 오빠는 내 트위드 수트를 봤다. 고로 나는 그 옷도 입지 말아야 한다. 엄마는 도망갈 때 트위드 수트를 두고 가셨다…….

아, 도대체 난 왜 자꾸 엄마에 대해 생각하는 걸까? 엄마를 잃은 나는 셜록 오빠가 마이크로프트 오빠 대신 날 법적으로 보호해주길 바랐다. 셜록 오빠에게는 뭔가 연민이 느껴졌기 때문이다…… 아니다. 난 오빠들 중 누구도 믿지 않을 것이다. 전날 밤 벌어진 일로 셜록 오빠는 나에 대해 얼마나 알게 되었을까? 아마도 너무 많이 알게 되었을지도 모른다. 그렇게 오랫동안 오빠를 내 곁에 두다니 정말 어리석은 짓이었다. 셜록 오빠는 이제 내가 아주 쓸모 있는 물건들을 몸에 지니고 다닌다는 걸 알게 되었다. 내가 그것들을 어디에 두었는지 혹시 오빠가 봤을까? 오빠가 어둠 속에서 내 여자다운 몸매를 알아챘을까? 내 가슴 보정기, 허리받이, 엉덩이 보정기도 알아챘을까? 이제 셜록 오빠에게 들키지 않기 위해 아무도 모르는 잽시 잽쟁이 변장을 시작해야 할까?

하지만…… 난 아직 오빠를 다시 마주치고 싶었다.

자갈이 깔린 런던 거리를 나란히 걸으며 오빠와 수다를 떠는 상상을 해봤다. 전날 밤 오빠에게 물어봤으면 하는 것들이 너무나도 많았다. 조상 대대로 살았고 우리 둘 다 자랐던 펜델로부터 오빠는 들은 소식이라도 좀 있을까? 집사 레인과 요리사 레인 부인, 그들의 게으른 아들 딕과 다소 좀 더 똑똑한 콜리견 레지날드는 어떻게 지내고 있을까? 또 키네포드 마을은 어떻게 변했을까? 그리고 여기 런던에서 왓슨 박사와 왓슨 부인은 어떻게 지내고 있으며, 내가 암호 책을 가져간 날 만났던 셜록 오빠의 집주인 허드슨 부인은 또 어떻게 지내고 있을까? 그리고 그 암호 책에 대해 오빠에게 말하건대, *친애하는 셜록 오빠, 엄마가 사라진 다음 오빠가 펜델에 갔을 때, 혹 무언가 발견한 거라도 있나요? 혹 엄마가 날 위해 거울 뒤에 숨겨놓은 걸 발견했나요?*

그 순간, 정신이 번쩍 들며 아까까지 마음속에서 펄럭이던 메추라기가 휘리릭 날아가버리는 느낌이 들었다. 말하자면 화산같이 폭발하던 마음이 어마어마한 에너지를 가진 한 점, 즉 순간 떠오른 한 가지 질문에 꽂혔다. '대체 엄마는 내게 어떤 메시지를 남긴 걸까?'

물론 이 질문에 어떤 실질적 가치는 전혀 없었다.

하지만 어찌 됐든, 혼란스럽던 당시 그 질문은 내게

정말 중요한 것처럼 느껴졌다.

생각해보니 이제야 내가 왜 그동안 엄마를 찾으려 하지 않았는지 이해가 되었다.

왜 나는 엄마를 만나기를 망설였는가?

내가 어떤 딸이었던가? 사실 나는 겁먹은 딸이었다.

그러니까 난 전혀 확신하지 못했다. 엄마가 엄마만의 방식으로 날 돌봐주는 건 알았지만 엄마가 날 보고 싶어 했는지는 글쎄……

겁쟁이처럼 굴지 마, 에놀라. 너 자신에게 확실히 말해봐. 아니 말할 수 없다면 생각해봐.

사실 난 엄마가 날 사랑했는지 안 했는지 생각할 만큼 내가 어리석었다는 것도 잘 몰랐다.

'하지만 엄마가 내게 보낼 메시지를 거울 뒤에 남겨두었다면……'

그 질문은 마치 녹아내린 용암처럼 내 하루를 장악했고, 내 머릿속에 흘러넘쳤으며, 내 온전한 정신을 폼페이(베수비오 화산의 폭발로 서기 79년 매몰된 이탈리아 나폴리 부근의 고대 도시 – 역주) 시장보다 더 깊이 매몰시켰다. 오랫동안 미뤄왔던 욕구를 더는 미룰 수 없게 된 것이다. 그날 아침 내내 난 엄마에게서 어떤 메시지도 받지 못한 내 삶이 무가치하게 느껴졌다.

• • •

알다시피, 10개월 전, 내 열네 번째 생일날 엄마는 뜻밖에 집을 나갔고, 나가면서 자신이 손수 만든 작은 암호 책자를 내게 남겼다. 그리고 그 암호를 풀었을 때, 난 엄마의 수채화 뒤쪽, 놋쇠 침대 기둥 등등에 숨겨져 있던 엄청난 돈을 찾았으며…… 마침내 그 돈으로 달아나 기숙학교를 탈출할 수 있었다. 재수 없게도 그 암호 책을 도둑맞아 한때 셜록 오빠의 손에 들어간 적도 있지만 다시 내가 오빠의 숙소에서 훔쳐 되찾았다. 거기다 오빠가 그 페이지에 남긴 연필 자국을 통해 나는 오빠가 내가 풀 수 없던 단 하나의 암호, 즉 팬지로 장식된 그 페이지의 암호를 풀었다는 사실을 발견했다.

HE SE BE RS LA IN IR

AR AS YO EN SE MY RO

TEUOEMR

팬지는 작은 얼굴처럼 보인다. 아마도 그래서 그 꽃들이 '생각'을 상징하나 보다. 엄마는 애정을 담아 이 꽃들을 '야생 팬지'라고 불렀지만, 나는 세 개의 더 연한 꽃잎 위에 두 개의 짙은 색 꽃잎이 얹혀 있는 모습을

153

볼 때마다 머리카락을 위로 묶은 작고 여린 요정 같은 여성이 떠올랐다. 아무튼 암호 해독에 너무 골몰하지 않고 팬지에 대해 더 많이 생각했더라면 엄마가 메시지를 암호화한 방식을 더 쉽게 짐작할 수 있을 뻔했다.

HE	SE	BE	RS	LA	IN	IR
AR	AS	YO	EN	SE	MY	RO
T	E	U	O	E	M	R

일단 팬지의 관점에서 세 줄을 하나씩 순서대로 배열하면 엄마가 자신의 편지를 어떻게 팬지의 다섯 꽃잎처럼 배열했는지 쉽게 감지할 수 있다. 그러고 나서 읽어보면 아래와 같이 간단히 해독할 수 있다.

HEARTS EASE BE YOURS ENOLA
SEE IN MY MIRROR

엄마는 손거울 안쪽이나 벽 거울의 뒷면 갈색 종이 안에 무언가를 숨겨놨을지도 모른다.

맘 편히 지내렴, 에놀라.

이 메시지는 나에 대한 엄마의 간절한 바람일까? 아니면 가장 고상한 말장난일까?

사실 heartsease(마음의 평화)는 팬지의 또 다른 이름이다.

아니면 엄마에게 어떤 목적이 있어서 팬지를 선택한 걸까? 만약 내가 이 암호를 풀었다면, 엄마에게서 가장 원하던 것이자 내게 결여됐던 것을 알 수 있었을까? 가령, '엄마가 떠난 이유에 대한 설명'이라든지, '작별의 메시지'라든지, 말하긴 좀 그렇지만 '사랑의 메시지' 같은 걸 찾아낼 수 있었을까?

나는 더 이상 미루지 않을 것이다. 이 모든 걸 꼭 알아내고야 말 것이다.

행동에 나설 결심이 서자 그 즉시 몸에서 전율이 일며 흐르던 눈물이 멈췄다. 나는 맨발로 이리저리 침실을 서성이기 시작했다. 아직 잠옷 차림이었지만 마음을 다잡고 다시 기운을 차린 것이다. 그런 다음 나는 전에 남겨놓은 다른 서류들은 밀어둔 채, 서판을 집어들고 자리에 앉았다. 『펠 멜 가제트』지의 '개인 광고'란을 통해 엄마와 메시지를 주고받기 위해서였다. 나는 아래와 같이 휘갈겨 썼다.

엄마, 난 엄마가 거울에 남긴 걸 찾지 못했어요.
제발 말해줘요, 그게 뭐였나요?

음. 암호로 만들기엔 꽤 긴 메시지였다.

게다가, 이 일에 대해 몰랐으면 했던 셜록 오빠와 마이크로프트 오빠도 내가 아는 모든 코드를 엄마만큼이나 쉽게 해독해낼 수 있었다.

단, 아래의 코드를 제외하면 말이다.

My chrysanthemum: the first letter of fidelity, he third
or fourth of thoughts of absent friends, the second of
fascination, the second of fidelity again, the second of
fascination again, the first of remembrance
(내 국화에게: 신의를 뜻하는 꽃의 첫 글자, 떠난 친구에
대한 그리움을 뜻하는 꽃의 세 번째 또는 네 번째 글자,
매혹을 뜻하는 꽃의 두 번째 글자, 다시 신의를 뜻하는
꽃의 두 번째 글자, 다시 매혹을 뜻하는 꽃의 두 번째
글자, 기억을 뜻하는 꽃의 첫 글자)

'신의'를 뜻하는 화초는 담쟁이덩굴이며, 담쟁이덩굴 ivy의 첫 글자는 I이고 '떠난 친구에 대한 그리움'을 뜻하는 백일초zinnias의 세 번째 또는 네 번째 글자는 N, '매혹'을 뜻하는 양치류ferns의 두 번째 글자는 E이다. 그리고 '기억'을 뜻하는 로즈메리rosemary의 첫 번째 글자는 R이다. 고로 이는 I NEVER로 해독된다.

아, 빌어먹을, 그런데 이건 아니다 싶었다. 너무 길고 번거로운 데다가…… 비록 꽃말이 잘 변치 않는 것을 쓰려고 노력했지만 여전히 암호로 만들거나 해독하기에는 오류가 나기 십상이었다.

방금까지 생각한 암호는 구겨버린 채 잔뜩 찌푸리고 앉아 있으려니 가장 최근 엄마와 나눈 소통이 슬슬 떠오르기 시작했다. 우리는 서로 속뜻을 지닌 쉬운 영어로 소통했었다.

잠시 그 기억을 떠올린 후 미소를 머금은 나는 엄마와 소통할 거리를 마련하고자 자리에 앉았다.

나르키소스(수선화)는 물에서 피는 꽃이 되었다.
왜냐하면 거울이 없었기에…….
국화는 거울에 피었다.
왜냐하면 엄마는 거울이 있었기에…….
아이비가 그 모든 덩굴손으로도 찾지 못한 게 있었다.
그렇다면 뒤에 심긴 아이리스의 정체는 뭐였을까?

그래, 바로 이거야! 이건 일종의 수수께끼이자 꽃에 관한 가장 터무니없는 난센스 문제였다. 나르키소스는 꽃이다. 하지만 신들에 의해 꽃이 되기 전 그는 물에 비친 자신의 모습을 보고 반해버린 그리스 청년이었다.

그에겐 거울이 없었다. 하지만 국화, 곧 엄마에겐 얼굴을 비추는 거울이 있었고, 엄마는 그 거울에다 꽃을 피웠다. 아이비는 물론 나이고, 나는 아이리스Iris — 그리스 신화에서 무지개의 다리를 통해 올림포스산(천상, 신의 세계)에서 지상(인간 세계)으로 메시지를 전달한 여신(이리스Iris)의 이름에서 유래된 또 다른 꽃 — 를 찾는데 실패했다. 그렇다면 엄마가 날 위해 거울 뒤에 남겨둔 건 메시지였을 것이다.

훨씬 안도감을 찾은 나는 『펠 멜 가제트』지와 엄마가 가장 좋아하는 간행물에 실을 내 수수께끼 메시지를 여러 벌 적었다. 그러고는 아직 씻지도, 먹지도, 입지도 않은 상태였으므로 정오에 우편으로 발송했다. 고로 나는 몸소 가기도 전에 이 메시지들을 먼저 플리트 스트리트로 보낼 수 있었다. 이 과정에서 내가 한 일이라곤 그저 우표 몇 장 사 붙이는 정도였다.

나는 이 우표들을 찾기 위해 앞서 한쪽으로 치워뒀던 서류들을 급히 뒤적거렸다…….

내가 적어둔 내용이 눈에 띌 때까지 그렇게 계속 뒤적거렸다.

그리고 드디어 나왔다. 맙소사! 겨우 어제 일인데 한일주일은 지난 것 같군!

세실리의 샤프롱들은 당당하고 호화스러운 차림의
귀족 혈통인 듯하다.
그 샤프롱들은 세실리에게 마치 가족적인 권위를
휘두르는 듯했다.
그들은 세실리에게 담황색 옷을 입혔다. 과연 그것이
그들의 미적 취향일까?
세실리와 샤프롱들은 마차를 탔고, 그 번호는 ─────
였다.
세실리는 아마도 분홍색 다과회, 그러니까 잉글소프
자작 부인의 분홍색 다과회에 참석하고 거기서 받은
부채를 가지고 있었던 게 분명하다.

잠시 동안 이 내용을 읽으며 나는 마치 소금기둥이라
도 된 듯 방 한가운데 우두커니 서 있었다. 그러고는
나 자신에 대한 절망감으로 목소리 높여 외쳤다. "빌어
먹을, 아, 난 정말 멍청이야!" 이래저래 미적미적하다가
그만 아침나절이 다 가버린 것이다! 즉시 일을 추진해
야 했다.

이제 나는 레이디 세실리가 갇혀 있는 곳을 말해줄   159
수 있는 사람이 누구일지 짐작이 갔다.

14장

나는 신중에 신중을 기해야 했다. 다시 말해 여태까지
를 통틀어 가장 철저히 변장해야 했다. 웬만하면 가지
말아야 할 곳을 가야 했기 때문이다.

그렇게 난 들킬지도 모를 위험을 무릅썼다.

하지만 그런데도 결국 세실리를 찾지 못한다면…….

아, 이제 추론은 그만, 에놀라! 옷이나 챙겨 입자고.

말은 쉬워도 행동은 어려운 법. 내게 필요한 건 바
로 우아한 레이디 차림이었다. 고로 나는 우선 코르셋
으로부터 내 몸을 보호해줄 손수건 모양의 리넨 캐미
솔(가는 어깨끈이 달린 여성용 속옷 상의 – 역주)과 무릎 위
까지 오는 속바지와 코르셋을 착용해야 했다(이 코르셋
은 그렇게 꽉 조이진 않았지만, 내 몸을 '모래시계' 같은 몸매
로 만들어주면서도 몸에 지니고 다닐 일종의 물품 보관 장소

160

인 다양한 보정기와 조절기를 받치는 데 필요했다). 그다음엔 코르셋의 면과 철로 단단히 짜인 부분을 부드러운 덮개로 덮고, 여러 겹의 실크 페티코트를 입은 후, 그 위에 드레스 — 재킷이 달린 푸른색 산책용 드레스로 허리에는 뒷자락을 부풀게 하는 약식 허리받이와 주름이 잡혀 있는 드레스 — 를 착용해야 했다. 아울러 머리엔 드레스와 어울리는 모자를 쓰고, 장갑 낀 손엔 양산을 들고, 다리엔 각반(걸음을 걸을 때 발목 부분을 가뜬하게 하기 위해 발목에서부터 무릎 아래까지 돌려 감거나 싸는 띠 – 역주)을 착용해야 했다. 아마 이 정도면 내 가장 좋은 부츠를 빼고도 족히 7킬로그램은 될 만한 무게였다.

그러나 이게 전부는 아니었다.

레이디가 되는 것 외에도 난 오늘 아름다워야 했다. 그렇게 꾸며야 내가 에놀라라는 걸 들킬 염려가 없었기 때문이다.

아울러 머리카락도 변장해야 했다. 안타깝게도 나는 얼굴뿐 아니라 머리카락도 영락없이 셜록 오빠를 빼다박았다. 다시 말해 내 머리카락 색깔은 정체불명의 둔탁한 나무 몸통 색깔이었다. 나는 머리카락을 머리 꼭대기까지 잡아당겨 핀으로 고정시킨 후, 무성한 인조 모발로 만든 밤색 가발과 두건 속에 숨겨놓고서 그 위에 모자를 썼다. 또 이마에는 알렉산드라 공주가 그랬

듯 곱슬거리는 앞머리를 씌웠는데 이는 사회 관습상 필요한 것이었다. 그 외에도 나는 입술, 볼, 눈꺼풀, 속눈썹에 다양하고 야한 화장품들을 될 수 있는 한 얇게 펴 발랐다. 많은 연습 후에 그리고 아마도 버넷(버넷은 에놀라 엄마의 처녀 적 이름이다 – 역주)의 피가 내 혈관에도 흐르는 덕분에 나는 마치 자연을 대상으로 예술작품을 그려나가듯 내 얼굴을 치장해나갔다.

그렇게 전 과정을 거친 후에야 마침내 준비를 마쳤다.

한낮인데도 아직 끼니는 챙겨 먹지 못했다. 하지만 런던에 약 2만 대의 마차가 있다는 점을 고려하면 밥 먹을 시간 따위는 없었다. 젠장, 내가 찾는 그 마차 한 대의 번호조차 기억하지 못하는 이 빌어먹을 장두(머리의 생김새가 긴 모양 – 역주)!……

하지만 마부들은 돈을 벌어야 하기 때문에 매일 같은 마차 승강장에서 대기하고 있었다. 고로 나는 내가 전에 그 마차를 봤던 장소와 시간을 노려 그 마부를 찾기 시작할 것이다.

샤프롱과 세실리가 구입한 혼수품을 집까지 실어 나른 마차의 마부가 바로 레이디 세실리의 위치를 알 만한 마부일 것이다.

나는 그 마부를 옥스퍼드 스트리트의 여성 전용 화장실 바깥에서 찾을 것이다.

다시 말해 재수 없게도 마이크로포트 오빠에게 붙잡힐 뻔했던 그 장소, 고로 오빠가 날 찾고 있을지도 모를 바로 그 장소에서 그 마부를 찾을 것이다.

마차에서 내려 걸어가며 나는 스스로 주의할 점을 떠올려봤다. *에놀라, 아주 작은 새처럼 짧고 빠른 걸음으로 걸어야 해. 양산도 우아하게 돌리자. 넌 잘 차려입고 쇼핑하러 나온 어여쁜 아가씨니까.*

고로 나는 런던의 거무튀튀한 소용돌이 한가운데로 항해하는 천상의 푸른 배마냥 우아하게 나아갔다. 문득 군인들과 부엌일하는 하녀들, 점원들, 그리고 성직자들이 눈에 띄었다. 맨발의 아이가 이끄는 맹인 거지와 빅토리아식 십자가를 눈에 띄게 걸친 외팔이 노인도 보였다. 옥수숫가루를 파는 산발의 빈민가 여자와 실크해트를 살짝 눌러쓴 신사들, 그리고 붉은 여드름 투성이 신문 배달원들도 보였다. 사과를 팔다 목이 쉰 누더기 차림의 작은 소녀와 한쪽이 처진 좁은 어깨로 책을 들고 다니는 먹물깨나 먹었을 법한 학자들도 눈에 들어왔다. 하나같이 그들은 마치 어두운 데이지 꽃 투성이의 초원을 어슬렁거릴 때나 마주칠 법한 그런 음침하고 음산한 군중의 모습을 띠고 있었다.

나는 우아한 걸음걸이로 마차 승강장에 다가가서 거

163

만하게 어슬렁대며 줄 서 있는 마차를 하나하나 확인
했다. 그러나 내가 원하는 마차를 어떻게 찾아야 할지
영 감이 오지 않았다. 마부의 얼굴도 생판 모르는 데다
그 마차에 대한 기억마저 흐릿한 상황에서 마차들도 하
나같이 다 똑같이 생겼기 때문이다. 이곳에 올 때 챙겨
온 연필과 종이로 스케치를 해보기도 했지만 말 빼고
는 흐릿한 형체만 그려놓은 게 다였다. 그래도 뭐, 이
정도면 꽤 괜찮게 그려졌다 싶긴 한데…… ─ 사실 난
말이 참 좋다 ─ 그래서 난 거기에다 블랙 뷰티(Black
Beauty. 애나 슈얼 작의 동명 소설 『흑마 이야기』(1877년)의 주
인공 말-역주)를 그리며 어린애마냥 앉아 있었다. 아, 에
놀라! 뭐 하는 거니! 순간 나 자신이 정말 실망스러웠
다. 그 마차가 거기에 있다면 내가 그 자리에 도착했을
때 아마도 마차를 알아볼 수 있을 거라고 생각했다.

그렇지만, 여기엔, 온통 가정과 추측만 난무하지 않
은가. 마차들 중 낯익은 마차라고는 그야말로 하나도
없었다.

그때였다. 가까운 인도 바로 내 코앞에 너무나도 친
숙해 보이는 두 사람이 서 있었다. 바로 내 두 오빠 마
이크로프트와 셜록이었다.

말하기 민망하지만 그 광경을 보자 내 정신은 심장
박동과 함께 순간 멈추는 듯했다. 나는 그 자리에 멈춰

설 수밖에 없었다. 하지만 그런 순간이면 으레 그렇듯 내 안에서 날 꾸짖는 엄마의 목소리가 들려왔다. *또 정신줄을 놓다니 말도 안 돼! 정신 차려, 에놀라. 넌 혼자서도 아주 잘 해낼 거야.*

종종 듣던, 잘 기억하고 있던 그 말에 정신이 번쩍 들었다. 난 기지를 모아 다시 걷기 시작했다.

다행히도, 열띤 대화에 열중해 있느라 셜록 오빠와 마이크로프트 오빠는 날 아직 보지 못했다. 둘은 내가 전에 마이크로프트 오빠와 마주쳤던 그 장소에 서 있었다. 부츠를 신고서 그날처럼 잔뜩 차려입은 건장한 신사 마이크로프트 오빠는 그때 나와 부딪힌 일로 다치거나 한 것 같지는 않았다. 하지만 광폭의 남자용 모직 옷감으로 만든 검은 시티 슈트(클래식한 멋을 특징으로 하는 테일러드 슈트에 세련된 감각을 더한 남자 재킷, 베스트, 바지의 세 가지가 갖추어진 한 벌의 양복 – 역주)를 제대로 갖춰 입고 있던 셜록 오빠는 오른쪽 발에 카펫 슬리퍼(윗부분이 천으로 된 실내화 – 역주)를 신고 지팡이에 심히 기대어 서 있었다.

나는 걸음걸이와 자세에 신경 쓰는 동시에 고개를 빳빳이 처들고, 모자챙도 매력적으로 젖히고, 양산도 치켜들면서 마치 군중 사이의 파랑 신호등마냥 모든 사람이 슬쩍 훔쳐볼 만한 아름다운 여인으로서 눈에 떠도록 노력했다. 그렇게 난 에놀라가 아닌 다른 사람으로 보여야 했다. 아, 여봐란듯이 내보이면서도 사실상 신분을 감춰야 하는 이 얼마나 아이러니한 상황인가! 하지만 여자에게 전혀 관심 없는 오빠들에겐 확실히 이 방법이 먹힐 것이다. 그러니까 말하자면, 유행에 민감한 이 여성적 아름다움의 귀감이 다가와도 오빠들은 눈도 끔쩍하지 않을 것이기 때문이다.

그리고 오빠들은 여실히 이것을 증명해냈다. 내가 지나치든 말든 로봇처럼 두 사람은 아무 반응도 없이 모자를 만지작거리며 대화를 이어갈 뿐이었다. "……에놀라를 계속 그렇게 내버려 두면 안 돼." 마이크로프트 오빠는 젠체하는 평소 모습으로 이야기하고 있었다. "셜록, 그 아이가 신나서 잘못된 길을 가고 있는데도 그냥 내버려 두다니, 네 직무에 너무 태만했어."

"형, 미안하지만 난 좀 생각이 달라. 에놀라는 전혀 신나 보이지 않았거든."

'그래?' 내 고통이 셜록 오빠에게 드러났던 게 분명했다. 그때 셜록 오빠가 어떤 주장을 펼치려고 했는지는 잘 모르겠지만, 아무튼 거기서 오빠의 말을 더는 듣지 못한 관계로, 나는 소위 그 '잘못된' 방식을 계속해서 고수했다.

아울러 당면 과제에 집중하기 위해 마음을 다스렸다.

바로 '레이디 세실리가 타고 사라진 그 마차를 찾고자 노력하는 일' 말이다.

하지만 여전히 대기 중인 마차들 가운데 세실리가 탔던 것으로 보이는 마차는 한 대도 없었다.

나는 오빠들이 더 이상 보이지 않는 마차 승강장의 거의 끝쪽에 멈춘 후 심호흡을 했다. 그러고는 다시 한 번 현장을 살펴보고자 몸을 돌렸다. 하지만 마부의 초라한 갈색 눈이 날 돌아다보는 모습을 발견한 걸 제외하고는 딱히 알아낸 것도, 맘에 드는 결과도 없었다.

그때였다. 크고 얌전한 회갈색 말 한 마리가 눈에 띄었다. 나는 충동적으로 말에게 다가가 ― 말의 인사는 내가 하루 동안 받은 인사 중 가장 정직한 인사였기에 ― 비단 장갑을 낀 손으로 말의 광대뼈를 쓰다듬었다. 말은 허락의 뜻으로 건초 냄새가 나는 거센 콧김을 내뿜으며 머리를 숙였고, 나는 말의 앞 갈기를 슬슬 문질러주었다.

마침 마차 안에 앉아 있던 마부가 읽고 있던 『일러스트레이티드 크라임 가제트』지를 한쪽으로 제쳐두고는 그런 나를 미심쩍은 듯 쳐다봤다.

"정말 다정한 말이구나." 나는 귀족적인 말투로 자연스레 말하는 데서 나름의 즐거움을 찾으며 입을 열었다. "말이 참 착하네요. 말도 잘 듣고, 안 그런가요?"

"그렇죠, 아가씨. 일도 잘하고 손도 안 가는 말이죠."
내가 연 대화 주제에 열의를 보이며 마부가 내게로 몸
을 기울였다. "제가 소유한 녀석 중 최상품입죠. 저놈처
럼 독립적인 녀석을 소유한 건 대단한 행운이지요."

그는 마차 운송 회사 소속의 마부가 아니라, 개인적
으로 말과 마차를 소유한 마부로 직접 돈을 버는 만큼
그에 따른 위험도 감수하는 사람이었다. 가령, 말이 절
름발이가 될 경우 사업까지 말아먹을 수 있는 노릇이
었다. 나는 회갈색 말의 검은 갈기를 만지작거리며 고
개를 끄덕였다. "이 수컷 말은 아주 건장한데요? 이름
이 뭔가요?"

"음, 이 녀석은 수컷이 아니고 암컷이에요. 이름은 펫
이지요."

내 얼굴에 미소가 번지자 펫이 부드럽게 히힝거리며
마치 내 호주머니에서 과자라도 찾는 듯 코로 내 스커
트를 밀어댔다.

"제 입으로 말하긴 좀 그렇지만, 정말 흔치 않은 좋은
말이에요." 마부가 덧붙였다. "대부분 숙녀는 이 말처럼
영국종 말이 끄는 화려한 사륜마차를 선호하죠."

"맞아요, 실은 저도 일전에 그중 한 대를 봤어요." 바
로 이거다! 순간 마음이 평온해지면서 불쑥 기억이 떠
올랐다! "온통 번쩍거리는 커다란 사륜마차였죠," 나는

168

마부의 말에 딱히 동의하진 않는다는 듯 진지하면서도 열의를 보이며 말을 이었다. "그 사륜마차를 끌던 말은 영국종 말이 아니었어요. 그치만 뭐 비슷한 종류였던 것 같긴 하네요. 마치 힘센 짐마차용 말처럼 하얀색 발에 검은색 털로 뒤덮인 팔팔하고 키 큰 녀석이었는데 연신 구슬땀을 흘리며 달리고 있더군요."

"아, 저도 그 녀석을 알아요. 무릎이 코에 닿을 정도로 아주 빠르고 잘 뛰는 녀석이죠. 근데 모르긴 몰라도 운행을 많이 해서 아마 다친 곳도 많을 거예요. 그러니까 그 녀석은 패디 머피라는 마부의 집시 말인데요."

"그렇군요!" 나는 마지막으로 펫을 쓰다듬은 후, 몇 걸음 걸어가 그 남자의 마차에 올라탔다. 그러고는 그가 주저하거나 질문하는 걸 미연에 방지하기 위해 번쩍거리는 돈을 얼른 건넸다. "날 그 머피라는 사람에게 데려다줄 수 있죠? 그 사람과 꼭 해야 할 이야기가 있어서요."

"아, 그럼요. 저도 분명히 기억하는걸요." 내가 담황색 벨 스커트를 입은 연약한 소녀와 두 명의 샤프롱 부인을 자세히 설명하기도 전에 옆에 있던 다른 마차의 마부도 흔쾌히 거들며 말했다.

내가 탄 마차의 마부는 서펜타인 뮤즈라는 마을의

마구간들이 모여 있는 곳에서 마부 패디 머피를 별 어려움 없이 찾아냈다. 그는 짚더미 위에 앉아 맥주를 마시며 다른 마부들에게 돈 몇 푼을 받고 자신의 마술 상자로 마술을 보여주고 있었다. 내가 도착하자 그는 서둘러 마술품들을 치우고 일어나 모자를 눌러썼다. 그러고는 내가 건넨 실링을 냉큼 받아들고는 기억을 더듬어 아일랜드 억양으로 주저리주저리 늘어놓기 시작했다. "인색하기 짝이 없는 그야말로 짜증나는 두 노부인을 태우고 오후 내내 여기저기 돌아다녔지 뭐예요."

"'여기저기'가 정확히 어디죠?"

"확실한 건, 이곳 런던에 우리가 가본 적도 없고 알지도 못하는 리넨 포목점이 있다면 바로 그런 곳이 아니었을까 싶은 가게였어요. 거리 하나를 쭉 따라가다가 다음 거리에서 내리막길을 탔었죠. 그러다 그 일행이 가게 안으로 들어갔는데, 정확히 말하면, 그 노부인 중 한 명이 들어갔고, 나머지 한 명과 가엾은 소녀는 마차 안에 있었고요. 그런데 그 소녀는 마치 두 부인이 시키는 대로만 움직이는 꼭두각시 인형 같았어요. 때때로 그들은 저한테 기다리라고 해놓고선 그 소녀를 포목상점 등 이런저런 가게로 데리고 들어갔어요. 그 바람에 교통에 방해가 되어 대형 사륜마차 마부들이 제게 저주를 퍼부어댔죠. 그래서 하는 수 없이 귀족 집안 마님이라고 양해를 구하기도 했어요. 근데 그런 다음에도 그들은 혼수 한 보따리를 산답시고 다른 가게에 멈춰 서곤 하면서 또다시 교통을 방해하고, 전 또 그 부인들이 주문한 게 나올 때까지 기다리다가 이내 들이닥친 경관들 눈에 띄고, 경관들은 그런 저에게 호통쳐대며 면허증을 정지시키겠다고 위협하고, 또 그 와중에 요금을 세는 동안⋯⋯."

나를 태웠던 마부가 마치 내 호위자이거나 보호자라도 되는 양 내 곁에 딱 붙어 서 있는 동안, 머피는 계속해서 말을 이어갔다. 나는 그런 그의 말을 흥미롭게 듣기도 했지만 한편으로는 잘 숨겼다고 생각하던 참을성이 점점 바닥나고 있었다. 한참 이야기 중인 아일랜드인에게 서두르라고 해봤자 어차피 소용없는 일이었기에 그의 말이 끝날 때까지 마냥 기다리고만 있었던 것이다⋯⋯ 하지만 난 세실리 알리스테어가 결국 어디로 갔는지를 알고 싶었다.

"⋯⋯그런 곤욕을 치르느니 안 하고 말지라는 생각이 절로 들었죠." 페디 머피가 말을 이었다. "하지만 그럴 수가 없었어요. 그 불쌍하고 자그마한 아가씨가 옷 때문에 거의 걷지도 못 하는 판인데 그 덩치 큰 노부인두 명은 그 아가씨를 엄청 함부로 대하고 있었거든요."

"그런 광경을 놓치지 않았다니 정말 고맙네요." 나는

조심스럽게 그에게 말했다. 그리고 물론 인정의 뜻으로 '금전적인 증거', 곧 정보가 만족스러울 경우 그 마부의 차지가 될 1파운드 지폐를 사려 깊게 보여주는 일도 잊지 않았다. "계속해주세요. 그래서 결국 그들을 어디로 데려갔나요?" 나는 아퀼라와 오텔리아가 세실리를 어디에 숨겨뒀는지 알고 싶었다. "그들은 지금 호텔 중 한 곳에 묵고 있나요?"

"음, 아뇨, 아가씨. 전 그 부인들과 함께 모든 짐을 잉글소프라는 곳에 내려다줬어요."

잉글소프라면 오텔리아 자작 부인의 초라한 거주지가 아닌가? 순간 심장이 철렁 내려앉았다.

"덩치 큰 그 두 노부인만 그곳에 데려다줬고요." 혈색 좋은 머피가 마치 내 정보원이라도 된 양 신나서 말을 이어갔다. "그 전에 두 부인은 그 작은 아가씨를 마차에서 내리게 한 후 배에 태웠어요."

"뭐라고요?"

"음, 그러니까 그게 가장 이상한 대목이었죠. 두 부인이 저보고 템스 강가의 한 배 앞에 멈춰달라고 해서 멈췄더니만 웬 납작한 모자를 쓴 뱃사공 두 명이 소녀를 데려갔어요."

배라니…… 나는 살짝 당황했지만 이내 정신을 가다듬으며 물었다.

"그들이 그녀를 어디로 데려갔나요?"

"음, 배를 타고 강 쪽으로 출발하는 모습을 본 게 다예요. 더 이상은 볼 수 없었죠."

그 순간 나는 발을 동동 구르며 호통이라도 쳐대고 싶은 심정이었다. 빌어먹을! 문득 속담이 하나 떠올랐다. '일단 한도를 넘은 상황에선 마지막 지푸라기를 하나만 더 얹더라도 낙타 등뼈가 부러진다.'

그런데 이 마지막 지푸라기는 물에 빠진 사람이 잡을 만한 것이기도 했다. 아무리 실낱같은 희망이라도 난 절대로 그냥 흘려보내지 않으리라.

"어딘지 알려주세요." 나는 지푸라기라도 잡는 절박한 심정으로 아일랜드 출신의 마부 머피에게 요청했다. "그녀를 내려줬던 바로 그곳으로 절 데려다주세요."

15장

30분쯤 후, 나는 템스 강변의 지저분한 작은 부두 기슭에 닿아 코가 마비될 것 같은 악취 속에서 세실리 알리스테어를 찾아다녔다. 이곳 강변은 그녀를 마지막으로 발견했던 그 황량한 거리보다도 훨씬 비참했다. 이곳에선 더러운 거지 '부랑아'들이 검은 물을 따라 진흙에서 뼈나 나무, 금속 조각 등 쓰레기 더미를 찾아 무리지어 다니는가 하면, 문신을 새긴 남자들이 '트럴러즈'라든가 '시암, 버마, 오리엔트 라인' 또는 '런치즈 포 하이어'라고 표시된 벽돌 건물을 으스대며 활보하고 있었다. 또한 증기선은 물론 높은 돛대가 달린 범선과 무수히 많은 작은 배가 칙칙한 강을 가득 메우고 있는가 하면, 저 멀리 어렴풋이 보이는 거대한 '준설기(물속의 흙이나 모래 따위를 파내는 데에 쓰는 기계 – 역주)'가 묵직한

소리를 내며 돌아가고 있었고, 그 와중에 간간이 선원
들의 욕지거리 소리와 부랑아들의 떠드는 소리, 머리
위를 빙글빙글 도는 갈매기의 울음소리가 들려오기도
했다. 거기서 그렇게 찬찬히 이 모든 걸 살펴보고 있자
니, 마음이 무너져 내리는 느낌이 들었다.

여전히 지푸라기라도 잡는 심정으로 이미 반쯤 술에
취한 마부에게 물었다. "뱃사공이 노를 젓는 배에 *그녀*
가 탄 걸 실제로 봤나요?"

"물론, 봤습죠!"

분명 그들은 평소 강에 정박해 있는 주거용 보트로
그녀를 데려갔을 것이다. 호텔과는 달리 이런 보트는
매일 장소를 바꿔가며 이동할 수 있었기 때문이다. 정
말 영리해! 만일 그런 상황이라면 그 보트를 발견하기
란 거의 불가능했다.

그럼에도 나는 혼잣말로 중얼거렸다. "그들이 어디로
갔을까?"

마부는 상류 쪽을 가리켰다. 하지만 그쪽을 쳐다본
나는 한숨과 함께 제대로 실망한 얼굴로 고개를 돌릴
수밖에 없었다. 그런데 바로 그때였다. 문득 저 멀리 흰
색과 또 다른 색 줄무늬로 된 무언가가 눈에 들어왔다.
나는 자세를 바로 하고서 저 멀리 한 무더기의 갈색 강
엄을 응시하며 다시 쳐다보았다.

175

더 이상 풀죽은 채 중얼거리고 있는 대신 — 오히려 그 지점을 사냥개처럼 빤히 쳐다보며 — "혹시 이 근처에 *고아원*이 있나요?"라고 큰 소리로 물었다.

그는 한 블록쯤 떨어진 곳에 있는 칙칙한 녹색의 이중 경사 지붕을 가리키며 '그렇다'고 말했다. 갈매기 떼가 떠들어대듯 머릿속엔 온갖 기억과 의심, 추측이 맴돌았고, 마음속엔 온갖 생각이 아우성쳐대고 있었다. '하하'남을 따라온 짧은 머리의 어린 소녀들은 뭐지? 그 빌어먹을 '하하'남, 그러니까 다고버트 머갠서 남작은 왜 그의 처형 집에 들른 거지? 왜 자신의 집도 아닌 그곳에 들른 걸까? 혹 자신의 정체를 숨기고 싶었나? 그렇다손 치더라도 고아들과는 왜 함께 있었던 거지? 전혀 자선을 베풀 사람으론 안 보이는데. 그것도 부유한 조카를 잡아둔 채 강제로 자기 아들과 결혼시키려고 하는 이 애매한 때에······.

상당히 외딴곳에 있는 예배당을 쓸 준비가 돼 있다는 얘긴데······.

오, 세상에. 고아원에도 예배당이 있었던가?

내 추리는 나름 그럴듯해 보였다. 하지만 확실한 건 아무것도 알 수 없었다. 고로 철저한 확인과정이 필요했다. 템스강의 이 특정 부두 인근에 고아원이 있다는 게 단순한 우연의 일치일 수도 있는 데다 내가 잉글소프에서 본 고아들이 전혀 다른 고아원에서 온 아이들일 수도 있었기 때문이다. 이 경우 그 아이들의 존재는 아무 단서가 되지 못한다.

하지만 셜록 오빠가 말했듯 여기엔 뭔가 숨겨진 뜻이 담겨 있지 않을까? 떡하니 기회가 주어졌는데도 내겐 조사할 시간이나 망설일 시간조차 없었다. 당장 내일 아침이면 불쌍한 레이디 세실리가 강제결혼을 할 것이기 때문이다!

궁여지책이 필요했다.

두 시간 후 위더스푼 홈 포 와이프스 앤드 스트레이스 가로 걸어가면서 나는 스테인드글라스 창문과 같이 '예배당' 하면 떠오를 만한 게 눈앞에 나타나주기를 바랐다. 하지만 내 눈엔 높은 나무 울타리 — 수직 판자로 빽빽이 엮여 도무지 틈으로 전혀 안을 볼 수 없는 울타리 — 로 둘러싸인 평범한 3층 석재 회반죽 건물의 윗부분만 보일 뿐이었다.

금방이라도 울어버리기 딱 알맞은 상황이었다.

하지만 이건 내가 정확히 원하던 효과였다. 나는 부랑아 흉내를 내고 있었다. 다소 키는 컸지만 내 모습은 영락없는 부랑아였다. 나는 막대처럼 마르고 생기 없는 아이처럼 보이기 위해 몸에서 모든 보정기, 조절기,

강화장치를 떼어냈다. 일종의 방어 도구와도 같은 코르셋과 단도마저도 떼어냈다. 다시 말해 난 세심하게 고른 몇 가지 물건만 호주머니에 소지한 채 나머지는 모두 떼어냈다.

배에선 꼬르륵 소리가 진동을 하고 약간 어지럽기도 했다. 하지만 밥 먹을 시간 따윈 없었기에 음식도 넣지 않았다. 음, 그렇지만 이런 상태일수록 내 변장엔 훨씬 어울렸다. 나는 식초와 비누를 섞어 발라 창백하고 녹녹한 피부를 연출해냈고, 램프의 그을음을 묻혀 눈은 초췌하고 볼은 움푹 꺼져 보이도록 했다. 특히 내 등쪽으로 내려온 머리카락과 몸은 석탄재로 쓱쓱 문질러 그 어떤 누더기 소녀보다도 추해 보였다. 또 나는 뼈가 다 드러날 정도로 앙상한 어깨와 가슴 위에 두엄 더미 수거인의 매우 초라하고 더러운 옷 ─ 심지어 군데군데 구멍까지 뚫려 있는 옷 ─ 을 헐렁하게 걸쳐 입었다. 발은 누더기로 감싸 신을 만들어 신고, 길거리에서 말과 마차 바퀴에 밟혀 납작해진 모자를 주워 눈을 가릴 정도로 푹 눌러 썼다. 아마 찢어지게 가난한 소녀라면 머리를 따뜻하게 하기 위해 뭐라도 덮어쓸 것이기에 이 모자는 그야말로 효과적일 듯싶었다.

나는 거기서 일종의 '주저하는 모양새'를 취하고 있었다. 이런 날 보고 누구라도 '영양실조에 걸린 듯한 웬 비쩍 마른 아이가 울타리 너머 미지의 금지 구역으로 들어가기 전에 용기를 내고 있다'고 여겼으리라. 주린 배를 채우기 위해, 비록 배는 고팠으나 자유로웠던 생활도 포기한 채, 이제 머리카락마저 짧게 자르고 고아원의 속박된 생활을 견뎌낼 것인지 아직은 결정하지 못한 그런 아이 말이다. 그들은 아마도 고아원 앞에서 망설이고 있는 이 비쩍 마른 소녀가 자기 오빠 셜록과 연락할 위험을 무릅써야 할지 아직 정하진 못했어도, 실은 청운의 뜻을 품은 퍼디토리언이라는 사실을 알지 못할 것이다.

나는 고아원 주변을 잠시 거닐며 출입구가 한 곳뿐인지 확인한 후 다시 왔던 길로 되돌아왔다. 그런 다음 생각보다 좀 더 확실하다고 여겨지는 사항들을 아래와 같이 적어봤다.

> 셜록 오빠,
> 이 엉터리 같은 결혼식이 시작되기 직전에 C.A. (세실리 알리스테어)가 분홍색 부채를 들고 헉스턴 레인 472번지의 위더스푼 고아원을 떠나려고 시도할 거예요. 고아원 입구에서 그녀를 만나세요. 거기서부터 그녀를 돕는 일은 오빠에게 맡길게요.
> E.H.

나는 두렵고 떨리는 심정으로 이 메시지를 접어 베이커 가 221번지로 보냈다. 우편으로 보낸 이유는 특정 시간대의 내 행방에 대한 최소한의 단서도 셜록 오빠에게 남겨선 안 된다는 직감 때문이었다. 그래도 분명 오빠는 그 단서로 내 소재를 역추적하려 들 것이다. 하지만 뭐 상관없었다. 같은 장소에 머물러 있을 생각은 추호도 없었을뿐더러 설령 오빠가 내 메시지를 전달하는 배달부에게서 뭔가를 확인한다 해도 내가 거지 행색을 하고 있다는 말이 전부였을 것이기 때문이다. 그렇지만 만약 다음 날 오빠가 사람을 동원해 레이디 세실리를 구하고 나서 나까지 추적하려 든다면 어쩌지?

음, 하지만 내겐 선택의 여지가 없었다. 가여운 세실리를 위해선 여러 방면으로 위험을 무릅써야 했다.

나는 허가를 받은 배달부에게 내 메시지를 전달했다. 불쌍한 차림의 여자가 상당한 요금을 내고 그럴듯한 서신을 전달하자 놀라고 당황하는 눈치였다. 하지만 나는 그가 틀림없이 내 메시지를 전달할 거라고 확신했다. 배달부라면 으레 그래야 했기 때문이다.

그다음 더는 망설일 시간도 없었기에 나는 아이처럼 작게 보이기 위해 누더기 같은 스커트 자락 아래로 곱사등마냥 무릎을 구부린 채 어기적거리며 위더스푼 고아원으로 걸어갔다. 그렇게 고아원으로 다시 돌아온 나는 가짜 눈물이 고이도록 양파를 움켜잡았던 넝마 조각을 눈에 갖다 댄 후 드디어 고아원 문을 두드렸다.

"이름은?" 굉장히 무뚝뚝해 보이는 노부인이 고아원 내부와는 다소 동떨어진 책상에 앉아 날 위한 서류를 작성하며 물었다.

"페기예요…… 음……." 그녀 앞에 서서도 무릎을 펴서는 안 된다는 사실을 계속 주지하고 있다 보니 몸이 약간 흔들거리기도 했다. 하지만 그럴수록 이 변장 설정엔 더 좋았다.

"성은?"

"그냥 페기…… 음……."

"부모님은 있니?"

"그런 거 들어본 적 없어요, 음……." 나는 흔하디흔한 코크니 억양으로 계속 훌쩍거리며 말했다. 어차피 큰 키 때문에 그다지 애처로워 보이진 않을 터라 스스로 단순하고 잘 우는 아이가 되기로 했다.

여자는 한숨을 쉬며 서식란에 사생아라고 표시했다. 그러고는 한 번 더 물었다. "날짜와 출생지는?"

"잘 몰라요…… 음……."

"세례는?"

"그게 뭐예요…… 음……?"

"세례를 받았니?"

"전혀 모르겠어요…… 음……." 내 말투에서도 훌쩍
거림이 느껴졌고, 배에서도 꼬르륵 소리가 우렁차게
들려왔다.

부인이 나를 한번 보더니 책상에서 작은 중국 종을
들어 올려 딸랑딸랑 소리를 냈다. 손잡이가 없는 그 종
은 앞에 챙이 달린 그녀의 흰색 무명 모자와 똑같이 생
긴 종이었다.

종소리가 울리자 그 고아원의 다른 소녀와 똑같은
모습 — 빤히 쳐다보는 시선, 짧게 자른 머리카락, 더
볼품없는 갈색 원피스 위에 걸쳐 입은 갈색 깅엄 점퍼
스커트 — 을 한 작은 소녀가 들어왔다. "네, 부인?"

"빵과 차를 좀 내오렴."

"네, 부인." 소녀는 머리를 까닥하고는 자리를 떴다.

"앉으렴, 페기." 노부인이 내게 친절하게 말했다.

"감옥에 갇힌 적은 있니?"

"그게 뭐예요?…… 음……."

"죄를 짓고 감옥에 갇힌 적이 있냐고?"

"아니요…… 음……."

"일을 나가본 적은 있니?"

그렇게 대화는 계속해서 이어졌다. 내가 자리에 앉
아 긴장과 배고픔에 떨기도 하고 가끔 눈물도 흘려가

며 많은 양의 식빵과 묽은 홍차를 (연기가 아닌 진심으로)
게걸스럽게 먹어대는 동안, 그녀는 서류에다 내가 교
육받은 일도 거의 없고, 주일학교를 다닌 적도 없으며,
돈이나 친구나 친척도 없고, 정부 보조를 받은 적도 없
고, 연주창(림프샘의 결핵성 부종인 갑상선종이 헐어서 터지
는 병 - 역주)이나 성홍열, 백일해, 천연두 치료를 받은
일도 전혀 없다고 적었다.

"발작은?"

"없어요, 음……."

"야뇨증은?"

"뭐라고요, 음……?"

그녀가 상당한 인내심을 보이며 질문을 이어갔다.

"옷에 오줌을 싸거나 자다가 침대에 싸곤 하니?"

"아뇨, 음……!"

"아주 좋아, 아," 그녀가 자신이 방금 작성한 서류를
내려다보며 이름을 언급했다. "페기." 그러더니 펜을 내
려놓고 다시 한번 벨을 누르자, 이번엔 내 나이 또래의
소녀가 갈색 깅엄이 두드러진 옷 한 아름을 들고 들어
왔다. "자 이제 충분히 먹었으니 이 친구와 가서 목욕
을 하렴. 그다음엔 감염이나 염증이 있는지 확인한 후
머리를 자를 거다."

기다리던 (두려운) 순간이 다가왔다.

"머리를 잘라요? 음……." 나는 휘둥그레진 눈으로 불안정하게 몸을 떨어댔다. "하지만 음, 난 자르고 싶지 않아요."

"여기에 있으려면 반드시 잘라야 한다, 얘야."

"하지만, 음……."

"너 여기서 먹고, 자고, 입고, 교육도 받고 싶지? 그러려면 반드시 위생적으로 머리를 잘라야 해. 천연두 예방접종도 받아야 하고."

"그러니까…… 그 말은…… 주삿바늘이요? 음……." 내가 훨씬 큰 공포를 드러낼 만한 예상치 못한 기회가 찾아왔다. 모든 코크니는 백신 접종 공포를 가지고 있고, 난 이를 최대한 이용했다. "내 몸에 주삿바늘로 독을 넣을 순 없어요."

"터무니없는 소리. 이건 독이 아니야, 잠깐 따끔한 것만 참으면 돼. 여기 있는 애들도 다 그렇게 했어."

그녀의 거북스러움과 경멸의 말투는 내가 진정 큰 소리로 울부짖기 위해 필요한 양념이었다. "제가 참을 수 있을지 잘 모르겠어요, 음."

"그럼 뭐 다시 거리로 나가야지."

"아뇨, 음, 제발, 그럼 또 굶주리게 될 거예요."

"그러니까 여기 남고 싶으면 내가 하라는 대로 해. 자, 결정하렴."

나는 절망과 망설임에 휩싸인 듯 움켜쥐었던 손을 번쩍 들어 올렸다. "아, 결정 못 하겠어요! 기도 좀 해 봐야겠어요. 몇 분만요. 혹시 여기 예배당이 있나요, 음……?"

순간 그녀가 수상한 눈빛으로 날 쳐다봤지만, 예기치 않은 내 독실한 요청을 거절하기도 만만치 않았을 것이다. 더구나 그 자리에 서 있는 내 또래 여자아이 — 뚱하니 말수도 적고, 하루에 몇 번은 기도해야 할 것만 같은 아이 — 앞에선 더더욱 그랬을 것이다.

"좋아," 그녀가 고개를 들어 내 옆에서 기다리고 있던 또래 아이에게 지시를 내리며 중얼거렸다. "이 아이를 예배당으로 데리고 가렴."

그래, 바로 이거다!

"……그러고 나서 아까 시킨 일들을 해. 몇 분 후 확인해볼 테니."

내게 필요한 시간은 몇 분이면 족했다.

일단 그 무심한 아이가 날 예배당 — 고아원의 본 건물과 직각이 되도록 지은 칙칙하고 작은 예배당 — 에 데려다준 후 나가면서 예배당의 신성한 문이 닫히는 순간, 난 그 아이가 내 옆에 놓아둔 옷더미를 들고는 신도석에서 설교단 쪽으로 뛰어 올라가 얼른 숨었다. 그렇게 설교단 밑에 숨어서 그 노부인이 들어오는 소

185

리에 귀 기울이고 있었다.

"얘야!" 그녀가 외쳤다. "얘야!" 그러고는 잠시 멈춘 후 서류에서 내 이름을 확인하고는 다시 외쳤다. "페기, 당장 이리 오렴!"

물론 나는 나가지 않았다.

그녀는 "그 멍청이가 어디로 간 거야?" 하고 큰 소리로 불평하더니 내 소재를 물으러 다시 밖으로 나갔다. 그녀가 여기저기 샅샅이 뒤질 걸 대비해 난 더 나은 은신처를 찾아야 했다. 내 경험상 보통 숨바꼭질을 할 때 주로 아래쪽을 찾지 위를 올려다보진 않는다. 게다가 오르기는 내 특기이지 않은가? 그 두 가지 이유로 나는 위로 올라가기로 했다. 그렇게 해서 공들여 조각한 파이프 오르간의 캐비닛에 가뿐히 올라탄 나는 갖고 다니기 쉽게 꾸러미 형태로 만들어 쥐고 있던 옷을 아래로 떨어뜨린 후 오르간의 가장 견고한 꼭대기까지 올라갔다. 거기서 파이프 오르간 캐비닛의 높이 솟은 돌림띠 장식으로 둘러싸인 채, 그리고 예배당 천장에서 겨우 몇 인치 떨어진 그 꼭대기의 먼지 커버에 살포시 안긴 채, 완전히 안전하고 안락하게 누워 있었다. 그런데 바로 그때였다. 그 나이 지긋한 부인이 날 찾기 위해 다시 몇몇 사람들을 끌고 예배당 안으로 들어왔다.

나는 그들을 쳐다보기보다 자기들끼리 슬쩍슬쩍 주

고받는 이야기에 귀를 기울였다.

"겁먹고 달아났나 봐."

"정문에 있던 투위들이 아니라고 하던데."

"그 인간이 또 낮잠을 잤는지도 모르지. 그렇지 않다면 그 아이가 어떻게 빠져나갈 수 있겠어? 어쨌든 빠져나갔다면 여기에 있지도 않을 거고."

"아마 홀을 배회하고 있을지도 몰라. 그다지 똑똑해 뵈진 않았거든."

"음식 냄새가 나는 곳으로 갈 테니 두고 보라고."

"그럼 부엌을 지켜야겠네."

"음, 그 아이는 확실히 이 예배당 안엔 있지 않아." 그들은 거의 내 바로 밑에 선 채 이야기하고 있었다. "모두에게 경계하라고 말해둬야겠군."

"거참, 정말 성가신 아이야." 그들 중 한 명이 불평을 토해냈다. "내일 준비할 것도 많은데 밤새 이러고 있으면 어떡한담……."

그 말을 듣는 순간 불쑥 내 관심도 고조됐다.

"무엇보다도 여기서 하는 결혼식은……."

그 결혼식은 반드시 세실리의 결혼식이어야 하고, 내 생각이 적중해야 한다, 그렇고말고!

187

내가 내심 기쁨을 만끽하는 동안 그자가 계속해서 말을 이었다. "정말 이상하단 말야……."

"의문 같은 건 품지 마." 그때 누군가 그녀에게 쉬쉬하라는 신호를 보냈다. "그 남작이 돈은 물론이고 온갖 특혜를 약속했거든."

음, 아이들을 데리고 집을 돌며 자선 활동을 펼치는 것도 그런 특혜 중 하나였겠지?

불평을 늘어놓던 사람이 말을 이었다. "다락방도 아직 준비되지 않았어. 들여놓아야 할 꽃도 잔뜩 있는데."

"그럼 이만 준비하러 가자. 이건 시간 낭비야."

그들이 떠나가는 발소리가 들려왔다.

"그 아이가 나타날 텐데?"

"신이시여, 용서하소서, 난 그러지 않기를 간절히 바라."

그들이 문밖으로 나간 후 이번에는 내 신상을 정리했던 그 노부인의 목소리가 들려왔다. "혐오스러운 누더기 차림의 그 끔찍한 아이를 혹여나 남작이 보게 될까 두렵군."

오호, 순간 그 즐거운 광경에 나는 긴장이 좀 풀리는 듯했다. 기대대로 그녀는 내가 누군지 전혀 눈치채지 못하고 있었다.

16장

이미 빵으로 배도 채운 뒤고 딱히 달리 할 것도 없는
터라 나는 파이프 오르간 꼭대기에서 방랑아들과 부랑
아들(사실 난 방랑아와 부랑아 사이에 무슨 차이점이 있는지
도 궁금했다) 그리고 종 같은 머리 모양을 한 노부인들
이 잠들 때까지 실제로 꾸벅꾸벅 졸았다.

잠시 후 이런 나를 잠에서 깨운 건 저녁 기도 시간이
었다. 한껏 귀를 틀어막았는데도 귀가 먹먹할 정도의
엄청난 굉음이 들려왔던 것이다. 그 소리는 다름 아닌
오르간 연주 소리였다. 내 온몸은 이미 그 소리로 진동
해대고 있었다. 그런데 날 당황시킨 건 그뿐만이 아니
었다. 오르간 연주를 마치고 나가던 연주자가 오늘따
라 이상하게 오르간에서 둔탁한 소리가 나는 것 같다
고 말하는 걸 들은 것이다. 그때부터 나는 쥐 죽은 듯

누워 있었다. 한 시간쯤 지났을까? 사방이 적막한 가운데 귀도 더는 울리지 않을 무렵, 나는 칠흑 같은 어둠 속에서 조심스레 더듬거리며 아래로 내려갔다.

하지만 그 전에 내 누더기들을 벗은 후 오르간 꼭대기에 놓아두었다. 사실 난 이곳에 들어오기 전 철저한 계획하에 누더기 안에 심플한 모슬린(속이 거의 다 비치는 고운 면직물 – 역주) 드레스를 입고 왔다. 그렇게 난 바닥에 던져뒀던 고아원 옷 꾸러미를 다시 집어 든 채 재단 초에 불을 붙이기 위해 천천히 걸어갔다.

인정하건대 비록 내가 아무리 자유사상가나 합리주의자라도 이런 식으로 성스러운 초를 맘대로 쓰는 건 꽤 부정한 느낌이 들었다. 게다가 촛불을 켠 후 세례반(세례용 물을 담은 큰 돌 주발 – 역주)에 담긴 물로 세수까지 하는 건 그야말로 당혹스럽기 짝이 없었다. 아무튼 한밤중 예배당 안은 뭔가 을씨년스러운 구석이 있었다. 나는 머리카락을 동그랗게 말아 올려 간단히 쪽을 지고, 몸에 붙은 온갖 '방랑아'의 자취를 날려버린 후, 서둘러 이곳을 빠져나가야겠다고 다짐했다.

구체적으론 남작을 위해 한창 준비 중에 있을 그 다락방을 찾아보고 싶었다.

아마도 레이디 세실리 알리스테어는 새벽이 오기 전 이곳 고아원에 조용히 배에 태워진 채 당도할 것이다.

가여운 세실리는 두꺼비 같은 브램웰 머갠서와 강압적으로 결혼하는 상황이라 모든 게 비밀리에 진행돼야 했기 때문이다. 보통 상류층의 예비신부는 웨딩드레스를 입은 채로 예배당에 가도록 안내받을 것이다. 하지만 아마도 세실리는 이동 중에 마구간지기 소년으로 변장하도록 강요받을 수도 있다. 이동할 때부터 화려한 결혼식 예복과 보석을 과시할 경우 불필요한 세간의 관심과 의문을 살 수 있기 때문이다. 어쨌든 머갠서 남작과 남작 부인은 불필요한 잡음이 나기 전에 그리 떳떳하다고 할 수 없는 이 결혼식을 빨리 해치우고 결혼을 기정사실화할 필요가 있었다.

여하튼 나름대로 자부심이 있을 신랑과 신부가 남들 다 하는 화려한 결혼식을 포기한다는 게 잘 이해되지는 않았다. *넌 혼수가 필요할 거고, 그 혼수를 갖게 될 거야……* 아, 악독한 자들에게 붙잡혀 있는 불쌍한 세실리! 아퀼라와 오텔리아는 분명히 세실리에게 수줍은 신부라면 마땅히 입어야 할 웨딩드레스를 입힐 것이다. 이번에도 난 아래와 같은 논리를 세워보았다.

전제: 두 여자는 세실리에게 웨딩드레스를 입으라고 요구할 것이다.

전제: 신중을 기한다면 그들은 세실리에게 웨딩드레스

를 입힌 채로 고아원에 데려오진 않을 것이다.

결론: 그들은 고아원 내부의 지정된 곳에서 웨딩드레스를 입힐 것이다.

고로 다락방은 예배당 본래의 용도가 아닌 다른 목적으로 필요할 수 있겠다 싶었다. 아마도 다른 모든 방은 방랑아나 부랑아가 차지했을 터이니, 신부도 별도의 공간이 필요하지 않을까?

특히 마지못해 결혼해야 할 처지에 놓인 신부라면 말이다.

어쨌든 내일 아침 난 이 다락방에 숨어 있다가 머리끝에서 발끝까지 하얀색 웨딩드레스로 치장한 세실리 알리스테어를 맞이할 수 있기만을 바랐다.

예배당 문을 미끄러지듯 빠져나온 나는 희미한 가스등 불빛만 아른거리는 복도에 도달했다. 문득 근처에서 한 노부인의 삐걱거리는 발소리가 들려왔다. 이어서 그녀가 한 고집 센 아이에게 중얼거리는 소리도 들려왔다. "잠잘 시간에 뭐 하고 돌아다니는 거니?"

맙소사! 고아원은 진정으로 잠들지 않는 곳 같았다. 지난여름 마이크로프트 오빠에게 들키지 않으려고 양말만 신고 살금살금 걷던 게 능숙해져 얼마나 다행인지 모르겠다!

나는 최대한 빠르고 조용하게 계단에 있는 그 노부인한테서 벗어나 첫 번째 층에 올라갔다. 이어서 두 번째 층으로도 막 올라가려는데 어둠 속에서 올라가던 그 마지막 좁은 계단이 바로 다락방으로 이어진 게 틀림없어 보였다! '오, 그래, 바로 이거야!'

물론, 문은 잠겨 있었다.

그러나 그 문은 내게 익숙한 간단한 구식 자물쇠로 잠겨 있었다. 나는 소지하고 있던 핀으로 간단히 문을 연 후, 안으로 들어가 다시 조용히 문을 닫았다. 그러고는 승리의 쾌감을 느끼며 예배당에서 가져온 양초에 불을 붙여 내부를 살펴보았다.

납작한 트렁크, 빈 새장, 부서진 흔들 목마 등…… 그런데 거긴 하나같이 먼지로 뒤덮인 물건투성이였다.

순간 가슴이 철렁 내려앉았다. '이런 끔찍한 실수를 저지르다니!' 내 추론이 틀리고, 틀리고, 또 틀린 건 이번이 처음은 아니었다. 결국 난…… 퍼디토리언이 되기엔 역부족인 한낱 멍청한 소녀에 불과했던가……!

허튼소리 그만하고, 에놀라. 생각을 좀 해.

다시 생각해보니 이렇게 큰 건물에 다락방이 하나만 있을 리는 만무하다는 깨달음이 왔다. 그래, 다시 찾으면 되지!

그렇게 나는 다시 찾기 시작했고, 결국 또 하나의 다락방을 찾아내는 데 성공했다. 다락방을 다시 찾기 위해 이후 몇 시간에 걸쳐 애쓴 과정에 대해선 독자의 추측에 맡기겠다. 다행히도 난 동이 틀 무렵, 마침내 그 다락방을 찾아냈다. 닦고, 문지르고, 반질반질 광을 낸 그 깔끔한 다락방에는 화장대와 경대, 의자도 몇 개 눈에 띄었다.

아울러 눈길을 사로잡는 흰색으로 된 무언가도 천장 서까래에서부터 바닥까지 드리워 있었다.

그야말로 온통 흰색투성이인 이것의 정체는 때가 타지 않도록 얇은 천으로 덮어 마치 유령과도 같이 아련히 천장에 매달려 있는 웨딩드레스였다. 바닥에 끌리는 크리스털 구슬로 장식된 레이스 자락만도 족히 3미터는 돼 보일 정도로 거대한 드레스였다.

기다란 흰색 면사포가 드리워진 비슷한 구슬 장식의 정교한 모자도 가까이 걸려 있었다.

그리고 꽤 독특해 보이는 흰색 신발 — 가죽으로 된 신발의 윗부분은 앙증맞은 실내화 모양이었고, 아랫부분은 때때로 상류층 여성이 거리의 배설물을 밟지 않기 위해 신는 나막신 모양 신발 — 한 켤레도 바로 근처에 놓여 있었다. 적어도 굽이 10인치는 돼 보이는 게 그 신을 신고 있으면 마치 죽마라도 탄 기분일 듯했다.

나는 잠시 이 상황이 뭔지 파악해보았다. '아, 이 얼마나 영악스러운 발상인가!' 겉으로 드러나지 않게 신부를 절뚝거리게 할 뿐 아니라, 비싼 드레스를 입혀 더 성숙하고, 더 크고, 더 화려하게 보이도록 하는 이 방법 말이다.

그저 책 읽고, 그림 그리고, 사색하기를 좋아했고, 그저 이 세상에서 무언가 좋은 일을 하고 싶어 했을 뿐인 불쌍한 레이디 세실리가 이처럼 오텔리아 자작 부인과 아퀼라 남작 부인의 미심쩍은 처분에 휘둘릴 수밖엔 없단 말인가?

"잔인한 여자들! 독사들, 그들은 꼭 망해야 해." 난 혼잣말로 중얼거리며 다짐했다. '난 이 운수 사나운 아가씨를 반드시 구출해야 한다.'

하지만 그때까진 우선 숨을 곳을 찾아야 한다.

사실 별 문제 같지도 않던 게 가장 큰 걱정거리로 떠오를 줄은 몰랐다.

그러니까 바짝 마르고 기다란 내 몸 말이다. 과연 이 몸이 그리 쉽사리 가려질 수 있을까? 난 우선 촛불을 끈 후, 식은 초를 호주머니에 숨겼다. 그러고는 지붕창을 통해 들어오는 새벽의 어슴푸레한 빛으로 방구석을 샅샅이 살펴보았다. 하지만 그런 다락방에 몸을 숨길 만한 게 있을 리 만무했다. 뒤에 엎드려 숨을 소파

도, 옷장이나 다른 큰 가구도 없었고, 두꺼운 커튼 천이
라든가 식탁 위 덮개 천 같은 것도 없었다.

그렇게 한동안 우물쭈물 서 있는데 누군가 다락방
계단을 올라오는 소리가 들려왔다.

오 하느님! 대체 누굴까?

그때 내 머릿속엔 단 한 가지 방법만이 떠오를 뿐이
었다. 그런데 정말이지 그 방법만은 쓰고 싶지 않았
다. 그도 그럴 것이 제단 초와 세례수를 훔쳐 쓸 때보
다 훨씬 더 참혹한 심정이 드는 방법이었기 때문이다.
음…… 하지만 아름다운 옷이라면 환장하는 내 눈앞
에 그 정교한 프린세스 시밍(어깨 또는 진동에서부터 의복
의 단까지 이어져 있는 장식 솔기 – 역주)과 퍼프소매, 앙증
맞은 레이스를 덧씌운 실크 드레스의 자태가 드러나
는 순간, 난 거의 할 말을 잃을 지경이었다. 온통 새하
얀 순백색의 그 광경에 완전히 압도돼버린 것이다. 그
렇게 멍하니 서서 우물쭈물하던 나는 방문 쪽의 인기
척을 듣고 나서야 마침내 정신을 차리고 움직이기 시
작했다. 나는 일단 숨을 깊이 들이마시고, 마치 이동식
탈의실에서 나와 바다에 뛰어드는 심정으로 구슬이 주
렁주렁 달린 그 드레스 옷자락 아래로 재빨리 뛰어 들
어가 드레스 안에서 몸을 쏙 일으켜 세웠다. 아울러 밖
에서 보이지 않도록 그 풍성한 고어드스커트(플레어스

커트의 일종으로 삼각형이나 사다리꼴로 이어붙인 천으로 불리는 고어를 몇 쪽 덧대어 만든 스커트 – 역주) 안에다 내 짐 꾸러미와 함께 발도 들여놓았다. 그렇게 눈도 깜박이지 않고 가만히 서 있던 덕에 웨딩드레스는 원래 걸어둔 모양 그대로 자연스러운 상태를 유지하고 있었다.

아니면 그냥 그러길 바랐는지도 모르겠다.

그때였다. 어디선가 여러 명의 발소리가 들리고 이내 몇 사람이 방 안으로 들어왔다. 동시에 납과 같이 무거운 무언가가 바닥에 떨어진 듯 쿵 하는 소리도 들려왔다. 그러더니 웬 여장부 같은 싸늘한 목소리가 들려왔다. "아주 좋아, 젠킨스, 여기선 세실리가 어떤 말썽도 피우지 않을 거야. 그러니 이제 그녀의 입에서 재갈을 풀어도 좋아."

저…… 저, 성질 고약한 험상궂은 여자가…… 어떤 악독한 명칭을 갖다 붙여도 성에 안 찰 저 표독스러운 여자가 감히 세실리에게 *재갈을 물렸다고?* 문득 레이디 세실리의 모습, 그러니까 꿋꿋함을 잃지 않고 견디고 있는 그녀의 모습을 확인하고 싶어 웨딩드레스의 허리 근처 옆트임을 통해 보고자 했으나 잘 보이진 않았다.

그 대신 이런 것들이 듬성듬성 눈에 띄었다. 우선, 한쪽이 처진, 연보라색과 크림색 옷으로 치장한 엉덩이가 보였다. 아마도 자작 부인 오텔리아인 듯싶었다.

　다음으로는 회색 실크 옷으로 공들여 꾸민 또 다른 인물도 보였다. 첫 번째 인물과 매우 닮은 매력적인 아퀼라인 듯싶었다.

　흰색의 레이스 앞치마 끈이 늘어진 심플한 꽃무늬 스커트도 보였는데, 모닝 드레스(홈드레스와 같은 뜻으로, 오전에 집에서 편하게 입는 옷 - 역주) 차림의 객실 청소부인 듯싶었다.

　세 사람 모두, 내가 숨은 드레스에서 멀리 떨어진, 또 다른 방의 의자에 푹 쓰러지듯 앉아 있는 네 번째 사람을 쳐다보고 있었다. 이 네 번째 사람에게선 그저 흐릿한 담황색의 형체만 약간 보일 뿐이었다. 세상에! 그런데 그건 여성 전용 화장실에서 세실리가 입고 있던 바로 그 끔찍한 벨 스커트가 아닌가!

　순간 안타까움과 동시에 승리의 쾌감이 밀려왔다. 틀림없이 나의 왼손잡이 어린 숙녀는 셜록 홈즈가 생각한 것보다 강한 정신력의 소유자였다. 보아하니 세실리는 계속 저항해왔던 게 분명하다.

　방에 들어오자마자 입을 연 사람은 (주름 장식 옷을 입고, 주름진 스커트를 입었으며, 한껏 부풀린 머리카락이 곤두서 있는 듯한 데다, 술 장식, 구슬 장식, 리본 등 말로 다 할 수 없을 만큼 화려하게 꾸민) 아퀼라였으며, 여전히 그녀는 계속해서 하녀에게 지시를 내리고 있었다. "최선을 다해 세실리를 준비시키라고, 젠킨스. 우린 제단 꽃을 살피러 가야 하니." 그러고는 의자에 앉아 있던 담황색 뭉텅이의 반항아 세실리에게도 거칠게 한소리 내뱉었다. "그리고 넌 제발 얼굴 좀 펴라. 안 그러면 그 불편한 신발에 더해 족쇄까지 채워줄 테니. 어디 그뿐인 줄 알아? 저녁까지 쫄쫄 굶길 테다. 남들이 네 결혼 잔치를 즐기는 동안 넌 손가락이나 빨면서 구경만 하게 된단 소리야. 가자고, 오텔리아." 두 사람은 바스락거리며 문밖으로 나가면서 어깨 너머로 젠킨스에게 말했다. "다녀올게."

그 두 사람이 나가자마자, 나는 마침내 세실리를 온전히 볼 수 있었다. 그녀는 고개를 떨군 채 마치 기절이라도 한 듯 의자에 푹 쓰러져 있었고, 온몸 구석구석에서 절망의 기운을 내뿜고 있었다. 비록 마지막으로 봤을 때보다 훨씬 마르진 않았지만 — 혹여나 세실리가 죽을까 봐 완전히 그녀를 굶기진 않은 듯하다 — 어딘가 모르게 다소 쇠약해 보였다. 얼굴은 더 허약하고 여리여리해 보였으며, 눈은 더 깊은 그림자를 드리우고 있었다. 문득 '그녀가 이 상황에서 탈출할 마지막 힘도 못 쓰는 상태면 어쩌지?' 하는 당혹감이 밀려오며 나도 모르게 입술을 깨물었다.

199

"세실리 아가씨," 하녀 젠킨스가 구슬려 말했다. "때로는 아무리 힘들어도 나아질 상황을 보고 최선을 다해야 해요. 자, 이제 세실리 아가씨가 얼마나 아름다워질지만 생각해보세요. 온통 오렌지색 꽃과 도금양(관목의 하나. 잎은 반짝거리고 분홍색이나 흰색의 꽃이 피며 암청색의 열매가 달림 – 역주)으로 장식된 데다 가장 달콤하고 아기자기한 그로그랭 리본도 달려 있네요. 아퀼라 부인이 웨딩 부케를 장식하려고 산 리본들도 보셨어요?" 순간 젠킨스가 방을 가로질러 누군가가 문 안쪽 바닥에 두고 간 커다란 띠 박스를 집어 의자에 올려놓더니 그 내용물을 뒤적이는 데만 온통 신경이 가 있는 듯했다.

내게는 기회의 순간이었다.

나는 내 주머니 중 하나에서 (지난번에 식료품 전문점에서 얻은) 분홍색 부채를 꺼냈다. 그러고는 웨딩드레스 옆트임을 열어 머리를 불쑥 내밀고는 레이디 세실리가 날 알아보고 내 말을 이해하도록 일종의 신호로서 그 부채를 턱에 댔다.

제발 그녀가 올려다보면 좋을 텐데!

다행히 내 바람대로 세실리가 올려다보았다. 내 동작 때문에 그녀는 고개를 들어 날 주시할 수밖에 없었다. 그녀가 날 주시하는 순간, 나는 다시 한번 전기가 와 닿는 충격을 느꼈다. 틀림없이 그녀 또한 상당한 충

격을 받았으리라. 그녀의 짙고 커다란 눈동자가 엄청
나게 휘둥그레진 걸 보니 알 수 있었다.

이 상황을 전혀 눈치채지 못한 채 박스 안만 들여다
보고 있는 하인을 손짓으로 가리키며 나는 세실리에게
조용히 입 모양으로만 말했다.

"그녀를 방 바깥으로 내보내요."

세실리와 함께 있으라는 엄격한 지시가 내려진 상
황에서 하인을 어떻게 내보낼지에 대해선 나도 뾰족한
수가 떠오르지 않았다. 하지만 세실리는 정말 굉장히
효율적인 방법으로 묘안을 짜냈다. 내가 눈같이 하얀
웨딩드레스 안으로 머리를 막 집어넣으려는 순간, 세
실리가 의자에서 미끄러지듯 바닥에 '쿵' 하고 큰 대자
로 누워버린 것이다.

"레이디 세실리?" 젠킨스가 그녀를 깨우듯 외치는 소
리가 들려왔다. 당황한 기색의 젠킨스가 이리저리 왔
다 갔다 하며 소리쳐댔다. "세실리 아가씨! 세실리 아
가씨, 정신 차리세요! 오, 맙소사! 후자극제(특히 과거
병에 넣어 보관하다가 의식을 잃은 사람의 코 밑에 대어 정신
이 들게 하는 데 쓰던 화학 물질 – 역주)! 의사! 도와주세요!"
착한 젠킨스는 그길로 방에서 뛰쳐나갔다.

나는 젠킨스가 나가는 소리를 듣자마자 마치 자고새
가 숨어 있던 곳에서 뛰쳐나가듯 웨딩드레스 아래로

튀어나왔다. 그러고는 방을 가로질러 곧바로 방문을 걸어 잠갔다. 젠킨스가 미친 듯이 쿵쾅거리며 서둘러 다락방 아래 계단으로 뛰어 내려가는 소리가 들렸다.

"저기요!" 세실리에게 다가간 나는 꽤 의기양양한 미소를 지으며 속삭였다.

그녀는 여전히 꼼짝하지 않고 바닥에 누워 있었다.

아뿔사! 그런데 이건 계략이 아닌 실제 상황이었다. 그녀는 정말로 기절한 것이었다.

이러다 내가 세실리를 못 깨우면 어쩌지…….

17장

하지만 세실리 옆에 무릎을 꿇고 앉았을 때, 그녀는 작은 숨을 내쉬며 눈을 깜박이다 이내 눈을 떴다. 그렇게 그녀의 시선이 내 얼굴에 닿는 순간, 깜짝 놀란 그녀의 눈빛에 기쁨이 서리는 게 느껴졌다. 엄청 놀란 얼굴로 그녀가 내게 속삭였다. "에놀라?"

순간 내 진짜 이름을 부르는 그녀의 목소리를 듣자 미묘한 감정이 밀려오면서 움직일 수도, 말을 할 수도 없었다.

"에놀라?"

내 쪽을 향해 뻗은 그녀의 손이 떨리고 있었다.

"정말 에놀라 맞나요?"

"쉿." 그녀의 떨리는 손길을 보자 울컥 눈물이 치밀었지만 난 정신을 차려야 했다. 겨우 마음을 가다듬은 나

203

는 주머니를 뒤져 항상 지니고 다니던 강화 사탕을 꺼내 그녀에게 주었다. 그녀는 사탕을 입에 넣고는 정신을 차리고 일어나 앉았다. 아무래도 사탕보다는 나를 본 기쁨이 그녀를 일으켜 앉힌 듯했다. 그렇게 그녀는 자리에 앉아 내가 자신의 신발을 벗기는 걸 쳐다보고 있었다. "당신을 변장시킬 거예요." 부드럽지만 분명한 말투로 내가 말했다. "당신이 탈출할 수 있도록 말이죠, 괜찮죠?"

"괜찮으냐고요? 좋고말고요, 내 신비로운 친구!" 세실리는 벌떡 일어나 그 진절머리 나는 치마를 움켜잡고 벗기 시작했다. 블라우스와 마찬가지로 허리에서 채우는 그 빌어먹을 스커트도 (상류층의 필수 아이템 중 하나로) 절대 하인의 도움 없이는 스스로 입을 수 없는 옷이었다. 내가 그녀 옷에 달린 단추를 거의 뜯어내듯 푼 다음, 웨딩드레스 아래에 두고 온 꾸러미를 가지러 가는 동안, 세실리는 겉옷을 벗어 방바닥의 웅덩이처럼 팬 곳에 쑤셔 넣었다.

그 꾸러미엔 요전 날 오후에 '페기'에게 제공된 올 굵은 가죽 부츠 한 켤레와 고아원 옷이 고스란히 담겨 있었다.

"당신을 고아로 변장시킬 거예요."

"그렇군요, 저도 그게 좋을 것 같아요!" 그 물건을 쳐다보는 세실리의 마른 얼굴은 여전히 환해 보였다. 마치 이상한 나라 앨리스의 4차원 소녀 같던 그녀도 기뻐할 땐 평소와는 다른 모습이었다. 세실리가 쳐다보고 있던 고아원 옷 꾸러미를 서둘러 낚아챘다.

나 역시 그 옷 꾸러미를 풀어 그녀에게 입히기 위해 엄청 허둥대고 있었다.

그래서일까? 간단한 일을 하는 데도 엄청 어렵게 느껴졌다. 세실리나 나나 허둥지둥하느라 본의 아니게 서로에게 방해가 되었던 것이다.

사실 나는 그녀에게 할 말이 있었다. "셜록 홈즈 씨 기억하죠?"

그녀가 기쁜 마음으로 "당신의 오빠요!"라고 대답했다.

"세상에!" 순간 그녀의 말이 내 숨통을 조여왔다. "그 이야긴 아무에게도 꺼내지 않았길 바라요."

"물론 안 했죠. 에놀라도 내 목탄화에 대해 아무한테도 얘기 안 했죠?"

그 질문은 답을 뻔히 알면서 괜스레 묻는 거였다. 즉, 그녀는 내가 아무한테도 얘기하지 않았다는 걸 이미 알고 있었다. 나도 모르게 얼굴에 드러난 웃음기를 감추려고 허둥지둥 말을 돌렸다. "당신의 어머니가 당신을 대신해 홈즈 씨에게 연락을 취했어요. 당신 어머니는 시골에 있는 가족들과 함께 머물러 갔어요. 홈즈 씨가 당신을 어머니에게 데려다줄 거예요. 에잇, 이 빌어먹을 양말들!"

그녀에게 갈색의 헐렁한 원피스와 갈색 깅엄 점퍼스커트를 입힌 후, 두꺼운 얼룩말 줄무늬 양말과 꽤 실용적이나 형편없는 부츠를 신기는 일은 날밤을 새워도 모자랄 일처럼 느껴졌다. 하지만 그녀에게 주름 잡힌 흰색 모자를 씌우려 할 때까지 아무도 돌아오지 않은 걸 보면, 실제론 몇 분 걸리지 않은 게 틀림없었다.

세실리의 길고, 윤기 넘치고, 숱 많은 머리카락이 자꾸만 손가락에서 빠져나갔다.

"이렇게는 안 되겠어요." 시간이 재깍재깍 빠르게 지나가는 가운데 초조함에 빠진 내가 속삭였다. "이리도 사랑스러운 머리를 하고 어떻게 고아라고 속이겠어요?"

"그냥 잘라버려요!"

"근데…… 시간이 없어요!"

말은 그렇게 하면서도 나는 조금 전 하녀 젠킨슨이 들여다보던 상자에서 가위를 집어 들었다. 그러고는 본래 리본 절단용으로 쓰이던 이 가위로 세실리의 빛나고 소중한 머리카락을 귀밑까지 쓱쓱 잘라대기 시작했다.

그때였다. 아래에서 쿵쾅거리며 다락방 계단을 올라오는 사람들의 발소리가 들려왔다. 이 소리에 세실리는 사슴처럼 소스라치게 놀란 눈치였다.

"가만있어요!"

내 말에 세실리는 동작을 멈추었지만 곧 입을 열어 말하기 시작했다. "에놀라, 고마워요, 날……."

"쉿. 조용히 해요." 나는 길게 늘어뜨린 그녀의 머리카락을 필사적으로 잘라낸 후, 달리 숨길 곳도 없던 터라, 얼른 주머니에 쑤셔 넣으며 속삭였다.

젠킨스인 듯한 여자가 손잡이를 돌려 열어보려다가 "잠겼어!"라고 외치는 소리가 들렸다.

하지만 으레 그렇듯 마치 걸쇠를 풀 수 있을 것처럼 그녀는 계속해서 손잡이를 흔들어댔다.

"비켜." 남작 부인 또는 자작 부인이 명령했다. 둘의 목소리는 누가 누군지 구분이 안 될 정도로 똑같았다. "이 멍청아, 그 아이가 널 속인 거야." 누군가 불쌍한 젠킨스를 정말로 계단으로 밀어버리기라도 한 듯, 쿵쾅거리는 소리가 잇따라 들려왔다! 동시에 사납고 커다란 목소리도 쩌렁쩌렁 울려 퍼졌다. "세실리!"

그 고함 소리에 세실리가 움찔했다. 그녀의 가슴이 방망이질 치는 게 내게도 느껴졌다.

"쉿," 그녀의 머리카락을 목뒤의 한쪽 귀에서 다른 쪽 귀 부근으로 싹둑 자르며 내가 속삭였다. "이마를 덮도록 앞머리를 내려요."

그녀가 그렇게 했을 무렵, 손잡이가 다시 덜컹거렸다. "세실리, 이 문 열고 우리를 들여보내." 자매 중 한 명이 소리쳤다.

"당장 문 열어!" 다른 한 명이 소리쳤다.

두 자매는 마치 대위법(둘 이상의 독립된 선율이나 성부를 동시에 결합시켜 곡을 만드는 복음악의 작곡법 – 역주)의 선율을 이루듯 계속해서 소리쳐댔다. "세실리! 이 배은 망덕한 년!"

"당장 이 문 열어, 그렇지 않으면 엄벌에 처하겠다!"

이러쿵저러쿵 등등등.

그러나 잠시 후, 두 사람 중 테너 파트를 맡았을 법한 사람의 선율이 바뀌었다.

"또 다른 열쇠가 있을 거야." 두 사람 중 한 사람이 소리쳤다. "젠킨스, 가서 찾아봐!"

맙소사, 안 돼.

하지만 그때쯤 나는 거의 준비를 마친 상태였다. 난 세실리의 이마 위로 '싹둑' 하고 묵직한 가위질을 마친 후 속삭였다. "끝났어요."

다시 한번 그녀에게 모자를 푹 눌러씌우자, 이제 내 앞에는 나보다 30센티가량 작은 고아 한 명이, 마치 그만큼 자라줄 것으로 예견되어 있기라도 하듯 꽤나 큰 신발과 꽤나 큰 옷을 걸치고 우두커니 서 있었다. 게다가 짧게 깎은 머리카락, 특히 이마를 잔뜩 덮은 숱 많은 머리카락은 거의 그녀를 세실리 알리스테어로 알아보기 불가능하게 만들었다. "훌륭해!"

하지만 세실리는 내 말에 화답하지 않았다. 오직 구출되기만을 바라며 내게 고정하고 있던 그녀의 큰 눈망울엔 아직 두려움이 가시지 않은 상태였다.

"하지만, 에놀라, 이제 어쩌죠? 어떻게……."

다락방 바로 바깥에서는 적의 목소리가 쩌렁쩌렁 울려대고 있었다. 이런 상황에서 과연 난 어떻게 그녀의 탈출을 도모할 수 있을까?

"남자들을 불러 문을 때려 부숴!" 두 자매 중 한 명이 날카로운 목소리로 외쳤다.

"서둘러!" 나머지 한 명도 소리쳤다.

"네, 부인." 하고 말하고는 어딘가로 뛰어가는 젠킨스의 목소리가 점점 멀어졌다.

세실리는 흐느끼지 않으려는 듯 입술을 깨물었다. 나는 그녀에게 "날 믿어요."라고 말한 뒤 웨딩드레스를 걸어둔 곳까지 서둘러 걸어갔다. 그러고는 옷걸이에서 웨딩드레스를 낚아채 시트를 벗겨낸 후 재빨리 뒤집어 썼다.

내 거침없는 행동에 이미 커질 대로 커진 세실리의 눈망울이 더욱 휘둥그레졌다. 아울러 그녀의 장밋빛

209

입술도 알파벳의 'O' 자 모양처럼 점점 변해갔다.

"당신에게 시간을 벌어줄 계획이에요." 내가 속삭였다. "이걸 받아요." 난 뒤집어쓴 웨딩드레스 안쪽으로 내 모슬린 드레스의 주머니를 뒤적이며 모든 계획이 실패할 경우를 대비해 연필로 (뭔가를) 적어둔 분홍색 종이부채를 꺼냈다.

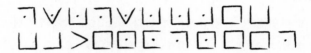

나는 레이디 세실리에게 부채를 건네주며 말했다. "문 뒤에 숨어요. 그리고 그들이 다 들어오면 슬그머니 빠져나가요. 그런 다음 정문으로 가서 이걸 보여줘요. 거기서 홈즈 씨나 그의 친구 중 한 명이 당신을 기다리고 있을 거예요."

그러는 사이 다락방 계단에서는 또 한 번의 요란한 발소리가 들려왔다. "여기, 보조 열쇠요." 문 바깥에서 안절부절 떨고 있는 사람의 목소리가 들려왔다.

내가 뒤집어쓴 웨딩드레스의 등에 달린 수많은 진주 단추를 다 채울 시간은 없었다. 나는 간신히 머리 장식물을 낚아채 덮어쓰고는 면사포로 얼굴을 가린 채 서둘러 세실리가 앉아 있던 의자로 몸을 날렸다.

드디어 그들이 보조 열쇠로 문을 열고 들어왔다.

이 커다란 흰 천과 장신구 더미의 웨딩드레스에 거의 파묻힌 채 의자 위로 몸을 웅크리고 앉아 있는 한, 그들은 내가 얼마나 큰지 모를 것이고 의구심 또한 일으키지 않을 것이다. 나는 이런 기대를 품은 채, 양말 신은 발은 치렁치렁한 흰 스커트 밑에, 손은 무릎에, 그리고 손가락은 면사포의 접힌 부분에 잘 숨겨 넣었다.

문이 쾅 닫히자 "세실리!" 하고 부르는 성질 고약한 두 여자의 목소리가 일제히 울려 퍼졌다. 이윽고 둘은 거의 한목소리 같으면서도 말투에 많은 변화를 주며 말했다. "세실리?"

두껍고 희부연 면사포 때문에 차마 표정까지는 읽을 수 없었으나, 두 노부인과 주눅 든 하녀가 들어와서는 반원 모양으로 날 둘러싼 채 주시하고 있었다. 그때 두 자매 중 한 명이 의아한 목소리로 말했다.

"세실리가 웨딩드레스를 입고 있네?"

내 눈에 그들의 모습과 그들 뒤로 자그마한 고아 소녀 하나가 발끝으로 살금살금 빠져나가 미끄러지듯 계단을 내려가는 모습은 희미하게만 보일 뿐이었다. 나는 세실리가 탈출하는 동안 세 사람의 주의를 끌기 위해 상체를 이리저리 흔들기 시작했다.

"세실리, 그만해."

"옷은 왜 혼자서 입은 거니? 다 비뚤어졌잖아. 일어 서봐."

나는 몸에 경련이라도 난 듯 계속해서 몸을 흔들어 댔다.

"그 괴상한 경련 좀 멈춰, 세실리! 너 제정신이니? 도 대체 무슨 일이야? 어디 한번 보자." 그들 중 한 명이 면사포를 들추려고 했다.

하지만 내가 꽉 붙들고 있던 터라 면사포가 잘 들추 어질 리 만무했다. 나는 지금쯤 세실리가 얼마만큼 갔 을지 헤아려봤다. 아래층까지 간 건 확실할 테고…… 아마도 문밖 마당까진 가지 않았을까……?

"세실리! 그 면사포 좀 놔봐!" 자매 중 한 명이 내게 서 면사포를 뺏으려고 안간힘을 썼다.

"하지 마, 오텔리아, 찢어져. 런던에서 가장 좋은 튈로 만든 거란 말이야!"

"그럼, 네가 이 아이 손 좀 떼놔보든지!"

"세실리!" 아퀼라가 멍이 들 정도로 내 양팔을 세게 움켜쥐며 말했다. "오텔리아 말대로 해."

'천만에…….' 나는 정말로 불쌍하기 그지없는 자세 로 몸부림쳐대기 시작했다.

"세실리!" 두 사람이 내 어깨를 붙들고 사정없이 흔 들어대기 시작했다. 음, 만족스러운 반응이었다. 나는 그들이 내키는 대로 나를 난폭하게 다루도록 내버려 뒀다. 유일한 어려움이 있다면, 그들이 날 학대하는 동안 고집스럽게 침묵하고 있는 것이었다. 행여라도 내 목소리가 입 밖으로 나가선 안 될 일이었기 때문이다. 그들이 날 더 오래 괴롭힐수록 내게는 좋은 일이었다. 그만큼 진짜 세실리에게 탈출할 시간을 벌어줄 수 있으니까.

하지만 이때 두 자매를 방해하는 이가 있었다. "세실리에게 무슨 일이라도 있는 건가?" 갑자기 한 남자의 커다란 목소리가 울려 퍼졌다. 분명 남작의 목소리였다.

갑작스레 남자들이 들이닥치자 남작 부인과 자작 부인은 누가 본데 있게 자란 여성 아니랄까 봐 꽥 소리를 지르며 그에게 달려들었다. "다고버트! 브램웰!" 아퀼라로 보이는 여자가 꽥꽥거렸다. "여기서 뭐 하는 거야?"

하늘이여 굽어살피소서. 두 사람이 다 왔다고? 그렇다, 면사포 사이로 말끔한 옷차림의 두 형체가 어렴풋이 보였다.

"젠킨스 말이 우리가 문을 부숴야 한다던데?" 남작이 대답했다. "세실리가 뭘 잘못했어?"

"아무래도 실성한 것 같아!"

마침 남작에 대해 공포를 느끼고 있던 내가 미친 척하는 일쯤은 누워서 떡 먹기였다. 나는 의자를 앞뒤로

213

흔들면서 이번에는 애처로운 신음 소리까지 냈다.

남작 부인이 계속해서 말했다. "처음엔 기절한 행세를 하더니, 한술 더 떠 방문을 걸어 잠그고는 못 들어가게 하는 거야. 그러더니 이젠 아주 정신줄을 내려놓고선 저렇게 웨딩드레스까지 뒤집어쓴 채 엉망으로 구겨놓고 있더라고. 쟤 좀 봐! 저렇게 머리까지 자꾸 끄덕여대면서 마치……."

그 순간 머갠서 남작 부인이 불쑥 하던 말을 멈추더니, 마치 위기 가운데 처한 책임자 같은 말투로 다시 내뱉었다. "젠킨스, 지금 당장 이곳 교구 목사를 불러와."

"네, 마님." 대답하기가 무섭게 그 가여운 하인이 잽싸게 달려가는 소리가 들려왔다.

"브램웰, 신부 옆에 서."

"어머니, 그게 대체 무슨 말씀이세요?" 그 두꺼비 같은 남자가 칭얼거렸다.

"하라는 대로 해! 신부 상태가 안 보여? 이 아인 점점 더 나빠질 거야. 넌 우리가 이 아이를 예배당으로 데리고 갈 수 있다고 생각하니? 그곳에서 결혼식이 제대로 거행되겠어? 아무래도 여기서 당장 네 결혼식을 진행해야겠다."

18장

"그거 아주 좋은 생각이군! 하하!" 남작이 소리쳤다.

그리고 난 그 끔찍한 순간에 깨달았다. '애초에 이 하얀색 신부복 안에 숨는 게 아니었다!' 웨드락(wedlock. 결혼한 상태)이라는 단어에 락(lock. 자물쇠)이라는 단어가 포함되어 있듯, 마치 이 상황은 내가 덫에 걸린 것과 같은 상황이었다. 그것도 아주 끔찍할 정도로 돌이킬 수 없는 덫에 말이다…….

덫이라니, 터무니없는 소리! 에놀라. 넌 혼자서도 아주 잘 해낼 거야. 자, 생각을 좀 해.

생각해보니 뜻밖에 일어난 일련의 일들로 몹시 겁을 집어먹긴 했지만, 그렇다고 내 처지가 전보다 더 궁색해진 건 아니었다. 그저 때때로 매우 서둘러 떠나야 할 상황이 있을 뿐, 그뿐이었다. 그들 모두가 교구 목사를 기다릴 때도, 심지어 내가 꿈틀대며 앞뒤로 흔들고 신음하고 훌쩍거릴 때조차도, 나는 정신 나간 사람처럼 보이려고 최선을 다했다. 그런데 이런 어색한 상황에서도 내 생각과 감정은 너무나도 차분했으며, 엉뚱하게도 잊을 수 없는 명장면을 연출할 수도 있겠다는 즐거운 예감이 들었다.

때때로 셜록 오빠처럼 나도 매우 극적인 순간을 즐긴다. 나는 그들이 내 입에서 "예."라는 신부서약을 하게 만드는 바로 그 순간까지 이 미친 역할을 계속하기로 마음먹었다. 그리고 그 서약의 순간에 아주 또렷하게 "절대 안 해요."라고 말할 것이다. 그러고 나서 참으로 그 매력적인 두꺼비 같은 브램웰을 내가 그리도 단호하게 거절했다는 사실에 모두 충격과 놀라움에 휩싸일 바로 그때, 의자에서 벌떡 일어나 변장을 벗어버리고 성큼성큼 젠체하며 걸어 나갈 것이다.

아니면 더 현실적으로 죽기 살기로 도망칠 것이다.

한데 신발도 없이?

음, 뭐, 어쩔 수 없다. 자고로 사람은 용감해야 한다. 살아내든지 죽든지 결정해야 한다. 지금쯤 세실리는 확실히 도망쳤을 것이다. 그렇게 계속 흔들어대고, 경련을 일으키고, 끙끙 앓는 소리를 내고, 심지어 더 나은 효과를 위해 숨까지 헐떡거릴 때, 난 이 궁지의 상황이 그만큼 가치 있는 것이라고 되뇌었다. 게다가 내 귓불이 그 웨딩드레스의 마치 '개목걸이' 같은 뻣뻣한 강철 소재의 최신 유행 하이칼라(칼라를 보통 것보다 높게 만든 것의 총칭 – 역주)에 자꾸 쏠릴 때, 어떤 측면에서는 어쩔 수 없이 신음 소리와 함께 더더욱 몸을 흔들고 몸서리치는 장면을 연출해야 했다.

그런데 묘하게도 이건 내가 연출하는 이 망할 놈의 결혼식에 딱 어울리는 모습이었다. 내 정신 나간 연기에 설득력을 더해준 이 고통스러운 옷깃에 부분적으로 감사를 표한다.

젠킨스가 목사를 데려오자 그가 조용히 입을 열었다.

"정말 상태가 좋지 않군요."

"어떤 상태인지 아시겠죠?" 아퀼라가 말했다.

"음, 그렇군요……."

"보상은 두둑할 거 아시죠?…… 하하! 어서 계속해요!" 의심할 여지 없는 그 목소리의 주인공이 우렁차게 소리쳤다.

젠킨스로 보이는 사람이 내 무릎에 향기로운 꽃다발을 억지로 찔러 넣고, 내 끄덕이는 머리에도 대충 꽃을 꽂아놓는 동안, 다른 사람들은 이리저리 서성이다 의자 몇 개를 한쪽으로 밀어놓고는 저마다 자리에 앉아 누가 반지를 갖고 있는지 서로 물어댔다. 아퀼라가 채

찍질로 소 떼라도 몰아세우듯 사정없이 결혼식을 재촉
해대자, 목사는 놀라울 정도로 짧은 시간에 실제로 결
혼식을 거행해나갔다.

"친애하는 여러분," 그는 감정을 섞지 않은 낮고 진지
한 어조로 말했다. "우리는 이 남성과 이 여성의 성스
러운 결혼식을 위해 오늘 이 자리에 모였습니다……."

정신 바짝 차리자! 계속해서 고개를 까닥이고 경련
을 일으키는 와중에도 나는 목사의 웅웅거리는 소리에
세심한 주의를 기울이면서 내가 답할 차례를 기다렸다.

"만약 여기 계신 분 중 이 남성과 이 여성의 결혼에
반대할 사유를 갖고 계신 분이 있으시다면 지금 말해
주시고……."

모든 게 아주 순조롭게 진행되고 있었다. 그 누구도
아무 말도 하지 않은 것이다.

"……그게 아니라면 영원히 침묵하세요."

그런데 그때였다. 문간에서 웬 남자의 거만한 목소리
가 들려왔다.

"몇 가지 이유가 있는 것 같긴 하네요."

그 순간 나도 모르게 '끽' 하는 비명을 내질렀다. 하
지만 다들 그 침입자 쪽을 바라보며 '헉' 하고 탄성을
지르는 바람에 내 비명 따위는 그냥 묻혀버렸다. 남작
이 물었다. "누구요?"

하지만 나는 이미 그 사람의 정체를 알고 있었다. 초대받지 않은 손님 중 최악의 손님이자, 내가 가장 두려워하는 사람이자, 내 인생을 망칠 수도 있는 가장 큰 힘을 지닌 사람…….

그는 그렇게 한순간에 내 서프라이즈 작전을 망쳐놓았다. 엄청난 실망 속에 눈에 뵈는 게 없는 사람이 과연 어떤 일까지 저지를 수 있는지는 참으로 놀랍기만 하다. 이미 하늘을 찌르던 분노는 순식간에 두려움을 날려버렸다.

난 격노한 목소리로 "마이크로프트," 하고 외치며 잽싸게 일어나서는 면사포를 들추고 얼굴을 드러냈다. "빌어먹을, 대체 왜 날 가만 내버려 두지 않는 거야……."

"우선, 신부인 척하고 저기 서 있는 아이는 진짜 신부가 아니라는 점이죠."

마이크로프트가 눈 하나 깜박이지 않고 똑같은 톤으로 결혼 반대의 사유를 내뱉자 모인 사람들이 하나같이 여기저기서 비명과 탄성을 질러댔다.

"날 좀 내버려 둬!" 나는 분노에 휩싸인 채 그에게 달려들었고, 마치 바윗덩이라도 던져버리듯 양손을 번쩍 치켜들어 쓰고 있던 면사포를 냅다 그의 머리로 던져버렸다.

그런 다음 여세를 몰아 이번엔 머리에서부터 조끼까지 이르는 오빠의 상체를 하얀색 레이스와 튤로 덮어씌워버렸다. 장담하건대 오빠의 모습은 내가 여태 본 중 가장 가관이었다. 하지만 이 분풀이 덕분에 난 소정의 분별력을 되찾았고, 가까스로 오빠를 지나 후다닥 달아날 수 있었다. 그런데 그때였다. 뛰어가고 있는 와중에 내 몸에 대충 걸쳐놓은 웨딩드레스가 슬슬 벗겨지더니 바닥에 완전히 널브러졌다. 문득 내가 씌운 면사포를 벗으려고 안간힘을 쓰던 오빠가 그 드레스에나 걸려 확 넘어졌으면 싶었다. 넘어져서 그 건장한 몸 중 어디 한 군데라도 다쳤으면 싶었다. 그리고 그 호전적인 남작이 오빠의 코에 주먹을 날려줬으면 싶었다. 분명 셜록 오빠가 내 빌어먹을 또 다른 오빠 마이크로프트에게 내 소재를 일러준 게 틀림없다. 난 마이크로프트 오빠가 싫었다. 아니, 두 오빠 다 싫었다. 다락방 계단을 뛰어 내려가는데 왠지 모르게 자꾸 눈물이 나왔다.

뒤통수 쪽에서 호통쳐대는 목소리가 들려왔다. "그 아이를 쫓아!"

"저 끔찍한 아이를 잡아!"

"에놀라! 잠깐!" 마이크로프트 오빠의 위압적인 목소리도 들려왔다.

나는 입에 담기 민망한 저주의 말을 내뿜으며 계속

해서 계단을 뛰어 내려갔다. 양말만 신고 뛰어가다 보니 너무 미끄러워 거의 넘어질 뻔했지만 난간 덕에 겨우 멈춰 설 수 있었다. 그런데 그때 문득 축복과도 같은 생각이 번득 떠올랐다. 나는 나머지 계단부터는 그 튼튼하고 세련된 나무 레일을 타고 아예 미끄러지듯 내려갔고, 2층도 거의 날아가듯 신나게 내려갔다. 그렇게 1층을 지나 지상층(영국식)까지 훨훨 날아 내려오는 내 눈앞으로 날 쳐다보며 놀람과 즐거움을 드러내던 고아들의 얼굴이 스쳐 지나갔다. 내 뒤를 쫓던 쿵쾅거리는 발소리가 점점 희미해졌다. 고아원 사람들도 위층에 있었기에 복도를 뛰어가던 날 가로막는 이는 사실상 아무도 없었다. 그렇게 도망가던 중 말뚝에 걸려 있던 여러 장의 망토와 보닛(아기들이나 예전에 여자들이 쓰던 모자로 끈을 턱 밑에서 묶게 되어 있음 ─ 역주)이 눈에 띄었고, 난 그것들을 한 장씩 집어 들고는 얼른 현관문을 빠져나왔다.

나는 고아원 바깥뜰을 지난 후에야 서서히 속도를 늦추며 뺨에 흐르는 눈물을 훔쳤다. 그러고는 그 짙은 남색의 단순한 망토를 어깨에 걸치고, 노부인들이 일요일에나 걸칠 법한, 망토 못지않게 단순한 구닥다리의 짙은 청색 보닛으로는 부스스한 머리를 감쌌다.

한편, 정문에 이르자 늙고 쇠약한 남자 하나가 문지

기 초소에 앉아 졸고 있는 게 보였다. 어찌나 꾸벅대던지 턱이 갈색 포플린 튜닉(고대 그리스나 로마인들이 입던, 소매가 없고 무릎까지 내려오는 헐렁한 웃옷 - 역주)을 입은 가슴에까지 와 닿을 정도였다. 내가 다가가자 깜짝 놀라 깬 그가 게슴츠레한 눈으로 날 쳐다봤다. 그는 늙고 혼미한 뇌로 내가 누구고, 어디에서 왔는지 궁금해하는 눈치였다.

그가 더듬거리며 물어보는 동안 나는 마치 내가 고아원의 이사회 일원이나 신탁 관리 이사 중 하나라도 되는 양 딱딱하고 귀족적인 말투로 내뱉었다. "투위들, 또 낮잠을 자고 있었군요. 부끄러운 줄 좀 아세요. 어서 정문 여세요."

이 가엾은 남자는 성급히 그렇게 했다.

다음으로 나는 "걸음걸이가 느린 키 큰 신사가 이쪽으로 왔었나요?"라고 물었다.

그는 고개를 끄덕이고 앞뒤로 까닥거리더니 이내 앞머리를 잡아당겼다. "음, 음……." 그는 나를 '부인'이라고 불러야 할지 '마님(영국 귀부인에 대한 호칭 - 역주)'이라고 불러야 할지 갈피를 못 잡는 눈치였다.

"그리고 그 소녀도 그와 함께 갔나요?"

"그 작은 분홍색 부채를 가지고 있던 사람요? 네……, 음……."

"고마워요, 투위들. 제 질문은 그게 다예요."

정말 그랬다. 그게 다였다. 그 정도면 충분히 괜찮았다.

세실리 알리스테어도 괜찮았다. 그녀의 머리카락이 다
시 자라듯 그녀는 성장할 것이고, 스스로를 알아가며
세상에서 자신의 위치도 찾고, 무엇보다 사랑하는 어
머니와 다시 함께 살게 될 것이다.

아, 그런 어머니를 두다니.

고아원을 떠나면서 난 더 이상 그 나이 많은 문지기
가 내가 신발을 신지 않은 걸 알아차렸을지 신경 쓰지
않았다. 그건 이미 중요하지 않았다. 나는 잠시 후 마
차를 타고 지하철역으로 갔고, 지하철은 날 이스트엔
드로 데려다주었다. 거기서 난 절뚝거리며 '충분히 누
릴 자격 있는' 휴식을 취하기 위해 숙소로 돌아왔다. 아
니 좀 더 솔직히 말하면, 거의 탈진 상태라 마음껏 쉬
고 싶었다.

그런데 이번에도 난 현관으로 들어가는 길에 터퍼
부인과 마주쳤다. 부인은 날 한번 쳐다보더니 마치 양
이 울어대듯 걱정 어린 잔소리를 늘어놓기 시작했다.

"메쉴리 양! 도대체 무슨 일이에요?"

이어지는 질문은 대체로 과장이 심한 것들이었는데
그녀의 청각장애 덕분에 고맙게도 난 상세히 답변할

필요가 없었다. 나는 그냥 날 내버려 두어달라는 손짓을 보냈지만, 사랑스러운 터퍼 부인은 내 손짓 따위는 무시하겠다는 듯 날 난로 쪽에 앉도록 떠밀었다. 그렇게 부인은 대야에 따뜻한 물을 담아 혹사당한 내 발을 담가주기도 하고, 영양분이 풍부한 간 요리와 보리 수프를 만들어주기도 하면서 한참 동안 애정 어린 혼잣말로 날 보듬어주었다. "아가씨가 어쩌다가 이런 상황에 놓인 건진 아무도 모를 거고, 저 또한 상관할 바는 아니죠. 하지만 전 지금 아가씨의 가여운 머리카락을 빗겨줘야겠어요. 아가씨의 망가진 발을 위해서는 배그밤(bag balm. 원래는 소 혹은 말발굽에 발라주는 것으로 살균 효과가 있으며, 피부 상처나, 건조해서 갈라지는 곳에 바름. 사람과 반려동물에 사용 가능한 연고 – 역주)과 생면이 좀 필요하겠군요. 장담하는데 아가씨는 자기 신발을 어떤 불쌍한 사람에게 주었을 거예요. 아가씨처럼 따뜻한 분이 이 런던엔 없다는 걸 잘 알지만, 그래도 자신을 좀 챙겨야 해요. 어쩜 이리도 전부 긁히고 다쳐서 이 헐렁한 원피스가 다 찢어질 정도가 된 건지 정말 이해가 안 되네요. 여기 이 수프도 좀 마시고, 브레드 푸딩(빵 위에 말린 과일, 설탕, 달걀을 섞은 우유를 붓고 구운 것 – 역주)도 좀 드세요. 거의 굶어 죽어가는 가엾은 양 같은 아가씨를…… 정말 어쩌면 좋을까요?"

그러나 부인은 실제로 어떻게 해야 할지 잘 알고 있었고, 내가 침대의 온기를 느끼며 그녀에게 감사를 표할 때쯤 방문을 닫고 나갔다. 그렇게 그녀의 삐걱거리는 발소리와 계단으로 내려가며 중얼거리는 목소리가 희미해질 때쯤, 나는 따뜻한 음식을 먹고 목욕을 하고 옷을 갈아입은 상태에서 아픈 마음을 조금씩 치유받기 시작했다.

사실 나는 꽤 배신감을 느꼈었다. 알다시피 셜록 오빠가 마이크로프트 오빠에게 내 행방을 알려줬기 때문이다. 하지만 잠을 청하기 위해 누워 있으려니 마이크로프트 오빠가 등장했을 때 내 반응은 좀 유치했다는 생각이 들었다. 셜록 오빠는 단지 자신이 알아차린 대로 의무를 다하고 있었을 뿐이고, 실제로 오빠는 내게 다른 어떤 약속도 한 적이 없었다. 가족 사이의 숨바꼭질 같은 게임에서 셜록 오빤 그저 정정당당히 경기를 펼치고 있었던 것이다.

또 다른 오빠 마이크로프트 역시 짜증나긴 했지만, 내가 합리적으로 예상할 수 없는 그런 일을 마이크로프트 오빠가 저지른 적은 없다. 엄마가 어떤 사람이냐 하는 게 엄마의 실수가 아니듯, 오빠가 어떤 사람이냐 하는 것 또한 오빠의 실수가 아니었다.

아, 엄마.

오늘 터퍼 부인이 엄마처럼 날 보살펴준 동안, 내 진짜 엄마는 어디에 있었을까? 엄마한테선 아래와 같은 내 수수께끼 질문에도 아직 아무런 답이 없었다.

나르키소스(수선화)는 물에서 피는 꽃이 되었다.
왜냐하면 거울이 없었기에…….
국화는 거울에 피었다. 왜냐하면 엄마는
거울이 있었기에…….
아이비가 그 모든 덩굴손으로도 찾지 못한 게 있었다.
그렇다면 뒤에 심긴 아이리스의 정체는 뭐였을까?

물론 엄마의 응답을 기대하기엔 아직 너무 일렀다. 아마도 오늘 자 『펠 멜 가제트』지엔 실릴지도 모르겠다. 나는 눈을 감고 일단 한숨 자고 나서부터 응답을 찾아보겠노라고 중얼거렸다.

그런데 설령 답을 받는다고 해도 그게 무슨 소용이 있겠는가. 지금까지 살아오면서 엄마가 날 씻어주거나, 붕대를 감아주거나, 밥을 주거나, 머리를 빗겨줬던 기억은 전혀 없었다.

문득 눈이 다시 떠졌고 텅 빈 천장을 응시하자 뜻 모를 눈물이 관자놀이를 따라 흘러내렸다.

그래, 차라리 잘됐지 뭐. 어차피 잠을 자긴 틀린 것

같았다. 한숨을 내쉬며 눈물을 훔친 나는 자리에서 일어나 큰 종이를 서판에 올려놓고 스케치하기 시작했다.

나는 고아를 그렸다. 마치 고아가 된 느낌이 들었기 때문이다. 그다음엔 레이디 세실리를 그렸다. 아버지의 사랑이 부족한 그녀도 나 같은 심정일 게 뻔했기 때문이다. 나는 그녀의 섬세한 얼굴과 빛나는 눈을 자세히 묘사하면서 내가 얼마나 여러 면에서 그녀를 내 영혼의 동반자로 여기는지 떠올려봤다. 그리고 결코 일어나지 않을 것 같던 그 일, 곧 그녀를 다시 만나게 되는 일이 결국 일어나고 말았다는 사실을 떠올렸다. 그렇다면 바라건대 몇 년 후 우리가 더 자란 뒤 좀 더 자주 만나면서 함께 스케치를 하러 다닐 수도 있지 않을까?

한편, 틀림없이 셜록은 세실리가 안전하게 자기 어머니의 보살핌을 받도록 도와줄 것이다. 오빠를 생각하니 묘하게 가슴이 뻥 뚫리는 느낌이 들었다. 난 키 큰 오빠의 모습을 재빨리 그려봤다. 그러자 텅 빈 가슴이 메워지며 마음이 포근해졌다.

이제 마이크로프트 오빠를 그릴 차례다. 오빠의 상체, 그러니까 배 나온 오빠의 불룩해진 조끼 부분까지 내가 웨딩 면사포로 불쑥 뒤집어씌운 모습을 재빨리 그려냈다. 그걸 보고 있자니 웃음이 터져 나왔다.

웃을 만한 또 다른 일이 있기를 기대하며 다음으론

사랑스러운 어린 숙녀를 그렸다. 그녀의 눈부시게 아름다운 밤나무색 머리카락엔 세상에서 가장 앙증맞고 매력적인 모자를 씌웠다. 바로 나 자신이었다. 그러니까 푸른색 산책용 드레스에 꽤나 비싼 가발을 쓴 채 얼굴엔 화장용 가루와 화장용 페인트를 바르고, 손엔 양산을 든 나 자신의 모습 말이다. 정말 아름다웠지만 내가 분한 모든 모습이 다 아름다운 건 아니었다. 나는 차례대로, 두엄 수거인으로 변장한 내 모습, 값싼 장식을 달고 가짜 곱슬머리를 하고서 아이비 메쉴리로 변장한 내 모습, 그리고 누더기 차림의 대표 격인 망가진 중산모를 쓰고 길 잃은 자로 변장한 내 모습을 그려봤다.

하지만 이러다간 아무래도 계속 그리게 될 것 같았다. 지금은 엄마의 초상화를 그려야 한다.

난 깨끗한 종이를 꺼내 엄마를 그려보려고 노력했다. 하지만 그려지지가 않았다. 순간 엄마의 이목구비가 잘 떠오르지 않았기 때문이다.

그래서 일단 여성의 머리 윤곽부터 그렸다. 그런 다음 다른 부분도 하나하나 그려나갔다.

흔들림 없는, 여리지만 현명한 눈.

곧은 코.

강한 턱.

변덕스러워 보이는 입, 모나리자의 미소.

셜록 오빠와 다를 바 없는 각진 얼굴…… 근데 이건 바로 내 얼굴이 아닌가?

나는 얼빠진 듯 스케치한 모습을 바라봤다. 정말 나잖아?! 에놀라?

나는 지금껏 단 한 번도 진정으로 나 자신을 그릴 수 없었다. 그렇담 지금은 어떻게 그릴 수 있게 된 걸까?

그림 속의 내 시선이 내게 진실을 요구하고 있는 듯했다.

내 심중에 아무래도, 모나리자가 그렇게 기묘한 미소를 띤 배경에는 틀림없이 모나리자에게도 내 엄마 같은 엄마가 있어서가 아니었을까 싶은 생각이 자리하고 있었기 때문이다. 난 내가 엄마를 찾지 않으리란 걸 알고 있었다. 설령 혹시나 마음이 바뀌어 찾는다고 해도 지금은 아니었다. 그러니까 엄마가 날 보고 싶어 한다는 느낌이 들기 전까진 아니었다. 하지만 어쨌든 내가 엄마를 다시 보든 안 보든, 난 여전히 에놀라였다.

1889년, 5월

아이비 메쉴리는 '라고스틴 박사'를 위한 일터로 돌아
온 지 며칠 후 '라고스틴 박사'의 고객인 장군에게 기
꺼이 다음의 편지를 쓴다.

친애하고 존경하는 장군께:
장군의 잃어버린 전쟁 기념물, 즉 절단 수술 후 외과
의사가 헌정한 한쪽 다리뼈에 대해 라고스틴 박사가
그 뼈를 찾았다는 것을 알려드립니다. 범인은 패디 머피
라는 마부인데 장군의 3층 하녀에게 더러운 수작을
부린 적도 있는 그런 자입니다. 어쨌든 그자가 하녀를
꼬드겨 장군의 다리뼈를 빼돌렸다고 자백했습니다.
아무래도 마부들에게 그 뼈를 보여주고 푼돈 좀 벌어
보려고 했던 것 같습니다. 패디 머피를 고소하고자 할

경우 서펜틴 뮤즈에서 그를 체포할 경관을 보내달라고 요청하는 게 좋을 듯합니다. 장군의 다리뼈는 라고스틴 박사가 보관하고 있으며, 편한 시간에 이쪽으로 사람을 보내 찾아가시면 되겠습니다. 지불금은 이전에 동의하신 대로 송금해주시기 바랍니다. 라고스틴 박사는 장군에게 작은 도움이나마 드릴 수 있어 매우 기쁘게 생각하고 있습니다.

장군의 진실한 벗,

레슬리 J. 라고스틴 박사.

아이비 메쉴리가 작성함

"마이크로프트 형!" 위대한 탐정 셜록 홈즈는 베이커 가 221번지의 현관에 와 있는 형을 보고 상당히 놀란 다. 그도 그럴 것이 관공서와 집, 디오게네스 클럽만을 오가는 게 마이크로프트의 일상이었기 때문이다. "어 서 들어와, 시가랑 셰리주 한잔할래? 근데 무슨 급한 바람이 불어 여기까지 행차하신 거야?"

"아니, 뭐 그냥 한잔 생각나서." 마이크로프트가 툴툴 대며 고급 안락의자에 자신의 육중한 몸을 안착시킨다. "내가 뭐 도와줄 거라도?"

"설마, 그 아이를 놓아줄 만큼 얼간이인 네가?"

"음." 셜록이 돌아서더니 다소 기묘하게 생긴 파이프

담뱃갑, 곧 페르시아 슬리퍼('셜록 홈즈 시리즈'에 등장하는 셜록은 자택에 있을 때면 자신이 신고 다니는 페르시아 슬리퍼의 발끝 부분에 담배를 보관해두는 습관이 있음 - 역주)에 긴 손가락을 넣어 뒤적거린다. "그러니까 우리 여동생 에놀라가 최근 겪은 하하 은장에서 벌어진 일에 대해 나만 몰랐던 거야?"

"에놀라와 형이 신부의 면사포를 뒤집어쓴 사건에 대해서도 나만 몰랐던 것 같은데. 그나저나 세실리 알리스테어는 어때?"

"어머니와 가족의 보살핌 아래서 훨씬 나아졌지. 내가 알기론 테오도라 여사가 딸과 함께 비엔나로 가서 딸의 '지킬 앤 하이드' 같은 면에 대해 정신과 의사들과 상의할 계획인 모양이던데."

"아. 자기 딸을 이중인격으로 본다는 거군?"

"아마도."

셜록이 벽난로 앞에 깔린 양탄자 위에 서더니 자신이 가장 좋아하는 해포석(주로 소아시아에서 나는 흰 다공성의 가벼운 진흙 모양 광물 - 역주) 파이프에 담뱃가루를 넣다가 조금 흘린다.

"아무튼, 짜고 치기식 결혼은 그에 대한 치료법이 절대 될 수 없어. 그 결혼은 세실리를 위기일발의 순간으로 몰아넣었지."

"그렇지."

셜록이 파이프에 성냥불을 갖다 댄 후 입으로 뻐끔 뻐끔 빨아 담뱃불을 붙인다. 매년 이맘때쯤이면 난로에 불이 없기 때문이다. "사실 그 일은 에놀라와 내가 잘 처리하고 있었거든. 형은 거기에 볼일이 없었을 텐데. 내가 우리 일에 신경 꺼도 된다고 말하지 않았었나?"

"이봐 셜록, 내가 도대체 몇 번이나 말해야 하니? 난 에놀라를 보호하는 게 내 의무라고 느꼈어. 에놀라 그 아이 혼자서 그 위험한 일을 해낸 걸 생각하면 섬뜩하지 않니? 그러니까 잉글소프 자작, 머갠서 남작, 그리고 그 대단한 아내들을 속여 먹인 일 말야. 도와주려고 애쓰는 게 당연한 거지."

"음, 과연 에놀라가 형의 간섭을 도움으로 여길지 궁금하네." 담배를 피워도 별로 마음이 편해지지 않는지 셜록이 긴 다리로 방을 왔다 갔다 서성거린다.

마이크로프트가 대꾸한다. "내 도움을 알아주느냐 마느냐는 중요치 않아. 우리 아니면 누가 그 아이를 구해내겠니? 그날도 위더스푼 고아원에서 지금처럼 그 아이를 돕고자 했을 뿐이야."

233

"지금처럼?" 셜록이 당황스럽다는 듯 익살을 떨며 형에게 눈을 돌린다. "에놀라는 지금 도대체 뭘 하고 있는 거지?"

"음, 모르겠어. 이것 외엔 통 들은 게 없거든." 마이크
로프트가 자신의 조끼 주머니에서 신문을 꺼내더니 셜
록에게 건네준다.

"아." 셜록은 별로 읽을 필요를 못 느끼며 신문을 되
돌려준다. 사실 『펠 멜 가제트』지에서 이미 매일같이
읽은 내용이었기 때문이다.

나르키소스(수선화)는 물에서 피는 꽃이 되었다.
왜냐하면 거울이 없었기에…….
국화는 거울에 피었다. 왜냐하면 엄마는
거울이 있었기에…….
아이비가 그 모든 덩굴손으로도 찾지 못한 게 있었다.
그렇다면 뒤에 심긴 아이리스의 정체는 뭐였을까?

마이크로프트가 두꺼운 눈썹 아래로 셜록을 유심히 쳐
다본다. "거울 뒤에 숨겨져 있던 건 뭐지, 셜록?"

"상당한 돈 외엔 아무것도 없던데. 돈은 그 아이가 혹
필요할 때를 대비해 내가 은행에 예치해두었지. 왜?"

마이크로프트가 또 다른 질문으로 답을 대신한다.
"그 아이가 돈이 필요해서 글을 올렸을 거라고 보니?"

"아니…… 여러 무모한 일을 벌이고도 별 어려움 없
이 마차비를 내고 스스로 빠져나오는 걸 보면 돈 때문

234

은 아니고, 단지 그 거울 뒤에 뭐가 있었는지 궁금했던 것 같아."

"근데 에놀라는 왜 그렇게 강한 호기심을 보였던 거지?"

"그러면 안 돼? 호기심은 지성과 떼려야 뗄 수 없는 관계야. 게다가 지성은 집안 내력이기도 하고."

"여자에게도 지성이 있다고? 허튼소리. 말도 안 돼, 셜록. 우리 누이가 또다시 어머니에게 꽃말투성이 글을 남긴 걸 보면 이건 마음의 문제가 분명해. 이 글에서 그 아이가 원하는 게 뭐라고 생각하니?"

위대한 탐정은 잔뜩 눈살을 찌푸린 채 형을 깔보듯 내려다보며 서 있지만, 딱히 대답을 하지는 못 한다.

사실 마이크로프트는 대답할 짬을 거의 주지 않는다.

"난 에놀라가 무엇을 바라는지 알고 있어. 우리가 그 것을 그 아이에게 줘야 한다고 생각해."

"무슨 말인지 잘 모르겠는데……."

"셜록, 이건 아주 간단한 문제야. 그 아인 온통 자신을 버린 어머니 생각뿐이야. 에놀라는 어머니의 애정을 확신하기를 갈망하고 있지. 그것이 바로 그 아이가 거울 뒤에서 찾고 싶은 거야. 엄마로부터 온 사랑의 편지. 그게 바로 우리가 그 아이에게 줘야 할 일종의 선물인 셈이지."

잠시 후 셜록 홈즈가 해포석 담배 파이프를 뻐금대며 형을 쳐다본다. 그러고는 질문이 아닌 진술문으로 이렇게 말한다.

"덫과 미끼를 놓자, 이 말이야……?"

"그렇지. 그 아이가 문명화된 사회의 범주 안으로 돌아와 적절한 교육도 받고 미래를 준비할 수 있도록 말이지."

"그런 목적이야 바람직할 수도 있지만, 내 생각에 속임수는 에놀라와 친구가 되는 방법은 아닌 듯해. 나는 에놀라에게 거짓말을 하진 않을 거야."

"셜록! 날 돕지 않겠다는 거니?"

셜록이 차분히 자리에 앉는 것과 동시에 울화가 치민 마이크로프트가 벌떡 일어선다.

"맞아." 셜록 홈즈가 책상에 손을 뻗더니 한 장의 풀스캡판(약 13×16인치 크기의 대형 인쇄용지 - 역주)을 집어 들고는 계속해서 접어나간다. "아울러, 난 이미 형을 앞질렀어. 형은 내일 간행물에서 내가 쓴 글을 보게 될 거야. 이게 바로 그 글이지."

236   셜록이 여러 번 접은 종이를 방 맞은편의 형에게 불쑥 던지자 그가 문제없이 잡아낸다. 마이크로프트가 접힌 종이를 펼쳐 들고는 아래와 같은 내용을 읽어 내려간다.

T.H.; 아이리스는 돈을 의미하며, 현재는 슈롭셔
왕립은행에 네 이름으로 보관해놨다. 지난 일에
매여봤자 어떤 만족도 얻을 수 없다. 우리 두
사람의 친구 C.A.는 나처럼 너의 용감한 도움에
건심으로 감사하고 있다.

마이크로프트 홈즈가 한동안 이 내용을 살펴보더니 무
표정하게 고개를 들어 올린다.

"음," 그가 차갑게 말한다. "결국 이렇게 되는 거군."

셜록이 부드럽게 되받아친다. "그렇지, 그렇게 되는
거지."

옮긴이의 글

숨 가쁘게 달려온 '에놀라 홈즈 시리즈'가 어느덧 4권째를 맞았다. 총6권인 이 시리즈의 중반을 넘고 보니 문득 에놀라와 함께했던 지난 시간이 주마등처럼 스쳐 지나간다.

사실 그동안 좋은 기회로 다양한 분야의 주옥과 같은 작품들을 옮겨오며 참으로 가슴에 와 닿는 흡족한 기쁨도 있었지만 동시에 흰머리가 절로 느는 고뇌의 시간도 있었다. 모든 번역서가 그렇듯 거기에는 으레 '작품이 세상에 빛을 보는 순간'과 같은 '당근'도 있지만, '제한된 시간에 저자의 정확한 의도를 가장 우리말답게 옮겨야 하는 고뇌의 시간' 같은 '채찍'도 있기 때문이다.

그런데 에놀라 시리즈엔 이런 채찍을 감히 느껴볼

새도 없게 만드는 당근이 하나 더 있다. 바로 천방지축 왈가닥 면모와 기발한 퍼디토리언 면모를 두루 갖춘 주인공 '에놀라'다. 좀 더 정확히 표현하자면 이런 에놀라의 팔색조 매력에 빠져 롤러코스터와도 같은 조마조마함과 흥미진진함의 세계를 오가다 보면 어느새 이와 같은 고뇌의 시간도 끝이 나 있다.

우선 3권까지 읽은 독자라면 이런 에놀라의 매력을 어느 정도 감지했을 것이다. 물론 전체 시리즈의 완역까지는 두 권(5, 6권)이 더 남았지만, 3권까지만 해도 다소 베일에 감춰져 있던 에놀라의 진면목이 드러나는 데 있어선 이번 4권이 그 결정판이 아닐까 싶다.

동에 번쩍 서에 번쩍 '천의 얼굴' 에놀라, 재치있는 변신에 변죽 좋은 처세술은 덤!

그동안 에놀라는 참으로 깜찍하게도 '사이언티픽 퍼디토리언 라고스틴 박사'라는 가상의 인물을 설정해놓고, 그를 돕는 '메셜리'와 밤거리를 돌아다니는 '수녀'라는 두 얼굴로 등장해왔다. 하지만 이 정도 변장은 시작에 불과하다.

4권에서 에놀라는 때론 여성 학자, 때론 두엄 수거인, 때론 기자, 때론 매력적인 상류층 여성으로 변장하

는 것도 모자라 심지어 불쌍하기 그지없는 고아 소녀
로까지 변신한다. 어디 그뿐인가? 이런 '재치 있는 변
장술'에 더해 불쑥불쑥 상황에 맞게 튀어나오는 '변죽
좋은 말솜씨'는 에놀라란 캐릭터를 도무지 미워할 수
없는 '볼매(볼수록 매력)' 캐릭터로 완성시킨다.

개인적으로 팬이었던 고 김주혁 님의 작품 중 유달
리 머릿속에 남은 〈홍반장〉이란 영화를 보면, 때론 동
시통역관, 때론 보디가드였다가 때론 단신으로 수영
해 대서양을 건너는 등의 숱한 이야기를 뿌리며 '어디
에서든 틀림없이 나타나 동네에서 벌어지는 온갖 일에
참견'하는 동네 반장 '홍반장'이 등장한다.

한편으론 오죽 할 일이 없으면 저럴까 싶기도 하지
만 무슨 일이든 은근슬쩍 빼다가도 시키면 넙죽 하겠
다고 덤벼대는 '도무지 미워할 수 없는 홍반장 캐릭터'
는 이번 이야기에서 보여주는 에놀라의 캐릭터와도 일
맥상통하는 면이 많다.

그렇게 에놀라는 이번 이야기 편에서도 전편과는 비
교도 안 될 만큼 종잡을 수 없는 각양각색의 모습으로
아무도 환영하지 않는 곳에 자처하여 출동하기도 하고,
온갖 사건 사고의 장본인이 되어 현장을 난장판으로
만들기도 하면서 연신 배꼽을 쥐게 하는 '밉지 않은 오
지랖' 캐릭터를 여과 없이 보여준다.

두 개의 인격을 지닌 세실리와,

묘하게 앙증맞은 자매 악당 오텔리아와 아퀼라!

4권에서도 역시 우리의 기대를 저버리지 않는 새로운 등장인물이 기다리고 있다. 왼손잡이 숙녀 레이디 세실리, 세실리의 사랑스러운 어머니 레이디 테오도라, 딸의 안전보다 추문을 잠재우는 데 목숨 거는 세실리의 아버지 유스타스 경, 마스티프 견종 같은 외모의 머갠서 남작, 머갠서 남작의 아들 브램웰, 그리고 시종일관 세실리를 꼭두각시 인형 다루듯 하며 악랄함의 끝을 보여준 오텔리아와 아퀼라 자매가 바로 그들이다. 물론 이 중에서도 단연 눈에 띄는 주인공은 '세실리'와 '오텔리아, 아퀼라 자매'다.

먼저, 2권에 이어 4권에서 두 번째로 등장하는 불행한 천재이자 준남작의 딸 세실리는 가난한 사람들의 어려운 처지를 느끼고 그 느낌을 세상에서 가장 특별한 숯 그림으로 표현하는 왼손잡이 예술가이자, 사교계에 순응하도록 강요받는 오른손잡이 레이디 세실리라는 두 인격으로 살아가는 인물. 그런 세실리가 이번 이야기 편에선 명문가들 사이에서 재산 보호의 명목으로 공공연히 행해지던 '사촌 간 결혼 관행'의 피해자로 등장한다. 바로 딸의 추문을 잠재우기 위해 물불 안 가리고 자기 딸을 누이의 아들과 결혼시키려고 하는 아

241

버지 유스타스 경 때문인데…… 그래서일까? 이런 곤경에 처한 세실리를 향해 에놀라는 동병상련의 동정심은 물론 둘도 없는 각별한 애정을 드러낸다.

나는 고아를 그렸다. 마치 고아가 된 느낌이 들었기 때문이다. 그다음엔 레이디 세실리를 그렸다. 아버지의 사랑이 부족한 그녀도 나 같은 심정일 게 뻔했기 때문이다. 나는 그녀의 섬세한 얼굴과 빛나는 눈을 자세히 묘사하면서 내가 얼마나 여러 면에서 그녀를 내 영혼의 동반자로 여기는지 떠올려봤다. 그리고 결코 일어나지 않을 것 같던 그 일, 곧 그녀를 다시 만나게 되는 일이 결국 일어나고 말았다는 사실을 떠올렸다. 그렇다면 바라건대 몇 년 후 우리가 더 자란 뒤 좀 더 자주 만나면서 함께 스케치를 하러 다닐 수도 있지 않을까?

다음으로 쌍둥이보다 더 닮은 자매 악당으로 등장하는 오텔리아와 아퀼라는 넙데데하니 살집 있는 얼굴에 아치 모양의 눈썹, 강아지 코, 얇은 입술이 묘하게도 앙증맞은(?) 느낌을 풍기는 악당들! 통상 악당 하면 날카롭고 표독스러운 얼굴이 떠오르기 마련인데 적어도 외모 면에선 전형적인 악당의 모습을 띠지 않는 두 여자. 그러나 성정 면에선 전편의 그 어떤 악당들보다도 은근히 지능적인 플레이를 구사하였으니, 둘이 작당을 하여 세실리를 납치하다시피 데려가 가두고, 굶기고, 재갈을 물리는 것도 모자라 그녀와 사촌 간의 짜고 치기식 결혼식을 후다닥 해치워버리려는 장면은 이번 이야기의 압권이 아닐까 싶다.

분홍색 부채, 벨 스커트, 분홍색 다과회……
화려한 색감의 향연!

1960년대 초 뉴욕을 배경으로 치열한 광고장이들의 이야기를 담은 시대극 미드 〈매드맨〉은 스토리의 탄탄한 구성 외에도 60년대 의상의 화려한 색감을 역동적인 화면으로 표현해 시청자들에게 호평을 산 바 있다. 그런데 이런 색감의 표현은 '에놀라 홈즈 시리즈' 4권에서도 여럿 담겨 있어 눈길을 끈다.

사실 이번 이야기 편은 제목이 제목이니만큼 책을 펼쳐 들 때부터 '과연 이 분홍색 부채에는 어떤 열쇠가 담겨 있을까'라는 궁금증을 가장 먼저 자아낸다. 하지만 서둘러 단서부터 좇으려는 독자에게 넌지시 시청각적인 볼거리도 던져줘가며 실마리를 풀 수 있게 이끌어가고 있으니, 바로 책 속에서 두드러지는 '분홍색 부채',

'담황색 벨 스커트', '분홍색 다과회'와 같은 '화려한 색감의 소재'들이 그것이다. 사실 화면이나 스크린이 아닌 책에서 이런 색감의 표현을 얼마나 감지할 수 있겠느냐 의구심의 눈길을 보내는 이도 있겠으나, 장담하건대 '제한이 없는' 상상의 나래로 이미지를 그려내는 책의 표현력은 화면이나 스크린의 표현력을 앞지른다.

앞에서도 잠깐 언급했지만, 이런 색감 표현 및 의상에 대한 묘사가 두드러졌던 첫 장면은 바로 레이디 세실리가 나이 지긋한 두 샤프롱(두 자매)과 함께 여성 전용 화장실 내부의 응접실에 등장할 때 입고 있던 벨 스커트를 상세히 설명한 대목이다.

백화점 마네킹이 아닌 실제 사람이 벨 스커트 차림으로 있는 모습을 본 건 이번이 처음이었다. 이 짙은 담황색의 벨 스커트는 홀쭉한 허리에서부터 허리받이를 지나 바닥까지 부풀려지도록 커다란 활 같은 뼈대가 지탱하고 있었고, 무릎 부근에 숨겨진 테이프로 잡아당겨 끝단을 향해 한 번 더 잘록한 모양새를 이루도록 되어 있었다. 또 소녀의 발을 완전히 덮고 있는 스커트 끝단에는 '벨' 모양의 주름 장식이 펼쳐져 있었다. 실제로 이 스커트는 그녀의 보폭을 10인치 정도로 제한해 걸을 때마다 주름 장식을 헝클어리거나 할 일은 거의 없어 보였다. 나는 그녀가 비틀거리는 걸 보고 순간 움찔했다. (중략) 물론 패션 감각을 살리려면 희생이야 늘 따르겠지만, 어쩜 저리도 걷기 힘든 드레스를 입은 건지 참으로 패션에 꽝이다 싶었다.

또 한 번의 색감 표현과 함께 넌지시 사건의 실마리를 제공하는 목적이 두드러졌던 부분은 바로 레이디 세실리 사건의 유일한 단서였던 '분홍색 부채'를 추적하는 과정에서 드러난 '분홍색 다과회'의 실체에 관해 묘사한 대목이다! 적어도 겉으로 볼 땐 흔한 분홍색 종이로 만든 지극히 평범한 부채였기에 그만큼 '분홍색 다과회' 같은 분홍색 부채와 관련된 여러 퍼즐 조각을 끼워 맞춰야 비로소 제대로 된 분홍색 부채의 의미도 파악할 수 있었던 것.

최신 유행 중인 분홍색 다과회Pink Tea를 즐기려면 비용이 많이 든다. 하지만 유행에 뒤떨어지는 건 상상하고 싶지도 않다! 자, 그럼 분홍색 차를 제대로 즐기는 방법을 한번 살펴보자. 우선, 식탁보도 분홍색이어야 하고, 접시도 섬세한 파스텔 톤 분홍색이어야 한다(구입하기 어려울 경우 빌려도 좋다). 다음으론 화려한 분홍색 종이로 장식한 높은 케이크 받침대에는 하얀색 케이크를 올려놓고, 화려한 흰색 종이로 장식한 낮은 케이크 받침대에는 분홍색 당의를 입힌 케이크를 올려놓자. 탁자는 분홍색 샹들리에 양초들로 장식되어야 하고, 장식을 위한 꽃도 분홍색이어야 하며, 하녀들도 분홍색 모자와 분홍색 앞치마를 입어야 한다. 그다음엔 크림과 얼음을 분홍색 종이로 참신하게 장식한 바구니, 상자, 조개껍질, 외바퀴 손수레에 담아내자. 이를 비롯한 더 많은 아름다운 디자인의 기념품은 부유층이 애용하는 어느 식료품 전문점에서든 구할 수 있다……. 종이 기념품. 분홍색. 값싼 분홍색 부채도 아마 이 기념품에 포함되겠지?

떼려야 뗄 수 없는 밀당 남매, 에놀라와 셜록

에놀라와 대 탐정 셜록 홈즈, 이 두 남매 사이의 알콩달콩 밀고 당기는 관계는 편을 거듭할수록 흥미롭기만 하다. 특히, 지난 3권에서 에놀라를 못 잡아먹어 안달이던 마이크로프트의 성정에 적지 않은 변화가 감지됐던 것에 한 단계 더 나아가, 이번 편에선 셜록 홈즈와 에놀라 사이에도 밀당을 넘어선 남매지간의 뜨거운 애정이 막 싹을 틔울 조짐이다. 겉으론 아웅다웅 셜록 오빠의 말에 트집 잡기 바쁘지만, 오빠와의 작별 후 결국은 혈육의 정에 못 이겨 펑펑 우는 장면이 여과 없이 드러나기 때문이다.

이런 셜록과 에놀라 간의 이른바 '밀당과 애정 사이'가 돋보이는 첫 장면은 세실리에 대한 실마리를 찾으러 남작 집에 잠입한 에놀라가 우연히 생쥐처럼 은장(도랑) 바닥에 빠진 셜록 오빠를 발견하는 대목이다. 대체 어쩌다가 오빠 같은 능력자가 아래로 추락한 걸까 생각하면서도 고소한 마음에 불쑥 "참 가관이네요."라고 내뱉는 에놀라. 하지만 이런 고소함도 잠시, 오빠가 은장 바닥에서 다리를 삔 게 자명한 상황에서 이내 오빠에 대한 걱정으로 노심초사한다.

또 한참 견제하며 자기 정보를 줄 듯 말 듯 밀당하던 에놀라가 이윽고 대 탐정 셜록 홈즈에게 "보아하니 오빠도 레이디 세실리를 구하기 위해 이곳에 와 있는 듯한데 함께 힘을 합쳐보는 게 어때요?" 같은 당찬 제안을 하는 장면도 보는 재미가 쏠쏠하다. 오빠와 견주어도 전혀 뒤지지 않는 꼬마 여탐정 에놀라로 보이고 싶은 귀여운 호기가 눈에 띄는 대목이기 때문이다.

그런가 하면 셜록 오빠가 은장에 빠진 순간에도, 오빠를 구할지 아니면 애초 계획대로 세실리를 구할지 궁리하다 결국 오빠를 잠깐 버려둔(?) 채 세실리를 먼

247

저 구하려고 애쓰는 에놀라의 행보 역시, 하늘에서 밧줄을 타고 마치 타잔처럼 은장을 가로지른 후 이런 자신의 모습을 오빠가 봐주기를 내심 기대하며 천하의 시크한 남자 셜록을 상대로 호기를 부리는 모습이라 눈길이 간다.

"에놀라, 너 대체 뭐 하고 있는 거니?" 오빠가 도랑에서 한층 격해진 목소리로 속삭였다.

"아니…… 보고도…… 몰라요?" 내가 숨을 헐떡이며 되받았다. 도대체 오빠는 뭘 본 거지? 나는 그 하하 은장을 건너왔고, 숨을 돌리자마자 은장 안쪽의 집으로 향할 참이었다.

"이런…… 어머니가 아마존(고대 그리스 신화 속의 여전사 – 역주)을 낳은 것 같군."

(내 생각에 그리고 내 바람에) 오빠의 목소리에는 충격과 감탄이 서려 있었다.

"왜 밧줄이 있다고 말하지 않았니? 이 빌어먹을 도랑에서 올라갈 수 있게 어딘가 단단히 고정시킨 다음 여기로 좀 던져봐."

오빠의 말투는 자신이 손가락으로 '딱' 하고 소리만 내면 사람들이 알아서 복종하는 데 익숙한 톤이었고, 그런 톤으로는 날 전혀 움직일 수 없었다. 나는

또다시 아무 대구도 하지 않았다. 어떤 반항의 의도
가 있어서라기보다 완전히 기진맥진한 상태였기 때
문이다.

"밧줄, 에놀라!"

"아무래도 안 될 것 같아요." 나는 다소 절제된 숨
을 내쉬며 싱겁게 대답했다. "나중에 제가 돌아온 다
음에요, 아마도."

"뭐? 뭘 하고 돌아와?"

마지막으로 은장에서 빠져나온 셜록 오빠가 함께 차나
한잔하며 세실리에 대해 이야기하자는 청을 거절한 에
놀라가 두고두고 그 일을 곱씹으며 가슴 아파하는 장
면에선 밀당을 넘어 혈육의 정에 강하게 이끌리는 여
동생 에놀라의 모습이 그려져 읽는 독자의 마음마저
아리게 한다.

그날 밤 있었던 나머지 세세한 일에 대해선 독자의
상상에 맡기겠다. 다만 오빠가 마차를 타고 떠나는
모습을 본 후, 마치 베수비오 산이 분출하듯 내 안에
서 뜻하지 않은 격렬한 감정이 폭발해 가슴이 몹시
에였다고만 해두겠다. 이스트엔드로 돌아가는 사이
사이 나는 흐느껴 울었고 숙소에 도착해서는 침대에

눕자마자 거의 인사불성 상태로 잠들어버렸다. 그리고 아침에 일어나서는 다시 울음을 터뜨렸다. 그렇게 아침 식사도 거른 채 옷을 챙겨 입을 의욕도 없이 잠옷 차림으로 앉아 있었다. 그런데 그때였다. 뜬금없는 공포가 불쑥 밀려왔다. 혹시 오빠가 이곳까지 날 추적했으면 어쩌지? 그 생각을 하니 침대에 가만히 있을 수만은 없었다. 나는 극심한 공포에 떨며 창틀과 블라인드 사이 창밖을 응시했다. 물론, 셜록의 흔적 같은 건 없었다. 그런데 참, 아이러니하게도 그 순간 묘한 실망감이 몰려왔다.

코미디의 끝판왕, '요절복통 결혼식'

이번 이야기 편에서는 생각하면 할수록 배꼽을 쥐게 하는 코미디 같은 장면이 곳곳에 등장한다. 모두 앞에서 언급한 '홍반장' 같은 면모를 지닌 에놀라가 동에 번쩍 서에 번쩍 온갖 일에 오지랖 넓게 참견하며 직접 하나하나 단서를 추적해간 결과다.

그런 배꼽을 쥐게 하는 첫 장면은 우선 세실리를 구하기 위해 고아원에 잠입하는 에놀라의 모습에서 그려진다. 처음엔 무슨 아름다운 들러리로라도 변신하려나 생각하며 지켜봤지만, 웬걸 이번엔 억척스럽게도 앞에서도 잠시 언급한 고아원 아이로 변장을 시도한다. 말이 쉽지 셜록을 빼다 박은 장신의 에놀라가 감당하기엔 너무 벅찬 변장이 아니던가!

다소 키는 컸지만 내 모습은 영락없는 부랑아였다. 나는 막대처럼 마르고 생기 없는 아이처럼 보이기 위해 몸에서 모든 보정기, 조절기, 강화장치를 떼어냈다. 일종의 방어 도구와도 같은 코르셋과 단도마저도 떼어냈다. (중략) 배에선 꼬르륵 소리가 진동을 하고 약간 어지럽기도 했다. 하지만 밥 먹을 시간 따윈 없었기에 음식도 넣지 않았다. 음, 그렇지만 이런 상태일수록 내 변장엔 훨씬 어울렸다. 나는 식초와 비누를 섞어 발라 창백하고 눅눅한 피부를 연출해냈고, 램프의 그을음을 묻혀 눈은 초췌하고 볼은 움푹 꺼져 보이도록 했다. 특히 내 등 쪽으로 내려온 머리카락과 몸은 석탄재로 쓱쓱 문질러 그 어떤 누더기 소녀보다도 추해 보였다. 또 나는 뼈가 다 드러날 정도로 앙상한 어깨와 가슴 위에 두엄 더미 수거인의 매우 초라하고 더러운 옷 — 심지어 군데군데 구멍까지 뚫려 있는 옷 — 을 헐렁하게 걸쳐 입었다. 발은 누더기로 감싸 신을 만들어 신고, 길거리에서 말과 마차 바퀴에 밟혀 납작해진 모자를 주워 눈을 가릴 정도

251

로 푹 눌러 썼다. 아마 찢어지게 가난한 소녀라면 머리를 따뜻하게 하기 위해 뭐라도 덮어쓸 것이기에 이 모자는 그야말로 효과적일 듯싶었다.

어디 그뿐인가? 그렇게 고아원의 예배당에 잠입하여 단서를 찾던 중 사람들 눈을 피해 이리저리 숨다가 하필 오르간 꼭대기에 올라 잠들게 된 장면도 실소를 금치 못하게 한다. 저녁 기도 시간이 되어 연주자가 오르간 연주를 시작하자 그 우렁찬 오르간의 '딩~딩~딩~' 연주 소리가 울려 퍼지고, 그 바람에 에놀라의 몸도 사정없이 '딩~딩~딩~' 진동해댔던 것. 과연 에놀라는 퍼디토리언이던가 코미디언이던가?

잠시 후 이런 나를 잠에서 깨운 건 저녁 기도 시간이었다. 한껏 귀를 틀어막았는데도 귀가 먹먹할 정도의 엄청난 굉음이 들려왔던 것이다. 그 소리는 다름 아닌 오르간 연주 소리였다. 내 온몸은 이미 그 소리로 진동해대고 있었다. 그런데 날 당황시킨 건 그뿐만이 아니었다. 오르간 연주를 마치고 나가던 연주자가 오늘 따라 이상하게 오르간에서 둔탁한 소리가 나는 것 같다고 말하는 걸 들은 것이다. 그때부터 나는 쥐죽은 듯 누워 있었다. 한 시간쯤 지났을까? 사방이 적막한 가운데 귀도 더는 울리지 않을 무렵, 나는 칠흑 같은 어둠 속에서 조심스레 더듬거리며 아래로 내려갔다.

매순간 잔잔한 웃음을 선사하는 포인트는 많지만 그중에서도 가장 압권인 장면은 뭐니 뭐니 해도 짜고 치기식 결혼을 해야 할 비운의 신부 세실리와 에놀라의 운명적인 만남이 이뤄진 대목이다. 즉, 이때 세실리에게 얼른 고아 복장을 입혀 도망시키면서 그녀에게 시간을 벌어주려던 에놀라는 신부 드레스를 뒤집어쓴 채 세실리 흉내를 내고 앉아 있었던 것! 신부의 웨딩드레스를 대충 뒤집어쓴 채 세실리 시늉을 하고 있는 것도 웃긴데, 나아가 면사포를 들춰내려는 두 노부인 악당에게 신들린 듯 미친 연기까지 선보이며 들키지 않으려고 발악하는 장면은 너무 웃겨 까무러칠 정도다.

이제 '에놀라 홈즈 시리즈'가 5권과 6권만 남은 것이 못내 아쉽지만, 그 두 편에선 또 어떤 예측불허의 모습으로 그녀가 우리에게 신선한 매력을 선사할지 벌써부터 기대가 된다. 귀여운 에놀라, 그럼 잠시 후 또 보자!

253

요절복통 말썽꾸러기 에놀라 덕분에 지루할 틈이 없었던
2019년, 여우비가 몰래 다녀간 어느 봄날
김진희

옮긴이 김진희 연세대학교에서 경영학 석사학위를 받고 UBC 경영대에서 MBA 본 과정을 수학했다. 홍보 컨설팅사에 재직하면서 지난 10여 년간 삼성전자, 한국 P&G, 한국 HP 등의 글로벌 브랜드 뉴미디어 광고 및 홍보 컨설팅을 수행했다. 옮긴 책으로는 『내 시간 우선 생활습관』 『진흙, 물, 벽돌』 『프로젝트 세미콜론』 『구름사다리를 타는 사나이』 『4차 산업혁명의 충격』 『왓츠 더 퓨처』 등이 있다. 개인 브랜딩, 광고, 홍보, 미디어, 대중문화 등 다양한 분야에서 글을 쓰고 있으며, 출판 기획자로도 활동하고 있다.

에놀라 홈즈 시리즈 4
별난 분홍색 부채

초판 1쇄 발행 · 2019년 5월 31일
초판 3쇄 발행 · 2021년 9월 17일

지은이 　낸시 스프링어
옮긴이 　김진희
펴낸이 　김요안
편집 　　강희진
디자인 　김이삭

펴낸곳 　북레시피
주소 　　서울시 마포구 신수로 59-1
전화 　　02-716-1228
팩스 　　02-6442-9684
이메일 　bookrecipe2015@naver.com | esop98@hanmail.net
홈페이지 www.bookrecipe.co.kr | https://bookrecipe.modoo.at/
등록 　　2015년 4월 24일(제2015-000141호)
창립 　　2015년 9월 9일

ISBN 979-11-88140-83-1 　43840

종이 · 화인페이퍼 | 인쇄 · 삼신문화사 | 후가공 · 금성LSM | 제본 · 대흥제책

이 도서의 국립중앙도서관 출판예정도서목록(CIP)은 서지정보유통지원시스템 홈페이지(http://seoji.nl.go.kr)와 국가자료공동목록시스템(http://www.nl.go.kr/kolisnet)에서 이용하실 수 있습니다. (CIP제어번호: CIP2019019782)